MORGENSTER

Jaap Scholten

Morgenster

Roman in drie delen

2001
Uitgeverij Contact
Amsterdam/Antwerpen

Eerste druk april 2000
Tweede druk april 2000
Derde druk juli 2000
Vierde druk september 2000
Vijfde druk november 2000
Zesde druk december 2000
Zevende druk april 2001
Achtste druk mei 2001

© 2000 Jaap Scholten
Omslagontwerp: Rick Vermeulen
Omslagfoto: Brian Pieters
Typografie: Arjen Oostenbaan

ISBN 90 254 6231 6
D/2001/0108/561
NUGI 300

'De paradox van de gegijzelde: niets is veranderd, maar tegelijkertijd is alles anders.'
                              Jean-Paul Kauffmann

Ilonkámnak, hőn szeretett pilótámnak!

PROLOOG

De lucht trilde van de hitte. In de weilanden bloeiden miljoenen paardenbloemen. Op de spoordijk stond een trein, een gele hondenkop, daarboven een strakblauwe hemel. De ramen waren met kranten afgeplakt. Dekens hingen naar buiten. Strontvliegen zwermden om de wielen. Een deur schoof open. Een geblinddoekte man in een groene jas werd op de kiezels gezet, een touw om de nek, de handen op de rug gebonden, de loop van een uzi tegen het achterhoofd. Achter hem in de deuropening een schim die het touw strak hield, als bij een hond.

Op de weg evenwijdig aan het spoor reden de auto's stapvoets, bumper aan bumper. De wegen slibden dicht, niemand wilde het spektakel missen. Jan Patat parkeerde zijn kraam in de berm. Dagjesmensen installeerden zich met koelboxen, picknickmanden en campingstoeltjes langs het kanaal en staarden naar de gele sliert in de verte. Thermosflessen en verrekijkers gingen van hand tot hand. Er vond een verbroedering plaats zoals je die maar een enkele keer in een mensenleven meemaakt, hartverwarmend. En het moet gezegd: ze gedroegen zich voorbeeldig. Met engelengeduld wachtten de ramptoeristen op het moment dat het hoofd van de geblinddoekte uiteen zou spatten.

In de vroege ochtend van de twintigste dag werd een

einde gemaakt aan de kaping. Met proportioneel geweld, een fraaie bewoording voor de duizenden kogels die in minder dan vijf minuten door de trein werden geblazen. Terwijl zes Starfighters van de Nederlandse luchtmacht in duikvlucht over de trein scheerden, hun naverbranders lieten loeien en de vlammen langs de ramen joegen, werden een paar kilometer verderop, in het Academisch Ziekenhuis Groningen, twee baby's geboren.

Twee jongetjes. Een van die jongetjes was ik.

EERSTE DEEL

'De mens, die uit een vrouw geboren is, leeft korte tijd en is beladen met ellende. Als een bloem ontluikt hij en verwelkt; als een schaduw vliedt hij heen.'

Job 14:1

Celestine belde: 'Het gaat niet goed. Ze denkt dat ze stikt. Ritsema heeft extra morfinepleisters gegeven.'
'Ik kom eraan.'
Ze lag erbij als een aftandse koningin. De contouren van haar schedel tekenden zich af. Ze zag er broos uit, maar nog altijd mooi. Ze pakte mijn hand vast, ik hield mijn adem in.
'Octave?'
'Ja, moeder.'
Langzaam hief ze het hoofd. Ik ondersteunde haar en schoof het kussen omhoog. Nu komt het, dacht ik. Haar ogen bleven gesloten, haar lippen bewogen. Voorzichtig bracht ik mijn rechteroor dichterbij.
'We waren de eersten. Wist je dat?'
Ik knikte.
'De eersten met een weduwen- en wezenpensioen.'
Celestine en haar moeder, tante Ghislaine, hadden afscheid genomen en nog een kwartier in de hal bij de kapstok staan huilen voordat ze vertrokken. Jenny had me plechtig de babyfoon overhandigd – ze dacht dat ik op mijn eigen kamer ging liggen – en was muisstil naar haar kamer op zolder gegaan. Ook de buurvrouw en mevrouw De Monchy hadden afscheid genomen. Ze wilde zo min mogelijk mensen zien. Skip scharrelde onder haar bed.

'Eén ding, Octave: zorg in godsnaam dat je nooit afhankelijk wordt van anderen. Allemaal proberen ze je tot slaaf te maken. Wees trots. Beloof je me dat?'
'Ja.'
'Beloof het!'
'Ik beloof het.'
Ze glimlachte gelukzalig: 'Als ik nu niet doodga, sla ik een figuur als modder.' Haar hoofd zakte weg in het kussen. Vrijwel onmiddellijk viel ze in slaap. Een intense rust kwam over haar uitgeteerde gezicht. Ze was altijd doodsbang geweest dat ze evenals haar moeder de drieëndertig niet zou halen.

Ik nam plaats op de harde houten stoel naast haar en dacht aan de eerste avond in het kleine huisje bij de Savelberg. Ze had instantpuree gemaakt, hij smaakte naar nat karton. Wij zaten er een beetje onwennig bij. Op het moment dat moeder zich omdraaide om iets te pakken, schoot Godfried een klodder puree in mijn gezicht. Moeder keek hem streng aan en ging weer aan het hoofd van de tafel zitten, haar rug kaarsrecht, kin iets geheven, polsen rustend op de tafelrand. Vader zou waarschijnlijk driftig een klap op tafel hebben gegeven. Gewoonlijk moesten wij ons bord tot de laatste hap leegeten; bij vaders aanwezigheid was iedere discussie daarover uitgesloten. Met haar vork duwde moeder een bergje puree op de lepel en katapultte dat ineens naar Godfried. Hij wreef verbaasd de derrie uit zijn ogen. Zij schoof een nieuwe kluit op haar lepel. We bekogelden elkaar tot de puree op onze trommelvliezen, tussen de gordijnrails en in de stopcontacten zat en het tijd was om in bad te gaan.

Buiten werd het donker, regen begon tegen de ramen te ruisen. Zachtjes stond ik op en trok het dekbed tot aan haar kin. Haar mond hing open. Haar borst zwol rochelend op. Ik stond naast het bed en terwijl ik die rijzende en krimpende beweging gadesloeg raspte mijn hart in mijn borst.

Vader droeg een smoking, moeder een lange blauwe jurk en een hoed met pauwenveren. Ze stonden naast de open haard in de hal, tegen de achtergrond van een gobelin met feestende ridders. Vaders haar was egaal grijs, hij was twaalf jaar ouder dan zij. Het best kan een man trouwen met een vrouw die de helft van zijn jaren telt, plus zeven. Een wijsheid die de familie al generaties lang ter harte nam. Hoe ouder je trouwde, hoe groter het verschil.

Achter haar rug hield moeder de fazantenteller van haar grootvader verborgen – anders dan de Duponts, industriëlen in hart en nieren, waren de Styringa's fervente jagers. Bij elke gast die ze begroette drukte ze het ding even in. Zodra de teller aangaf dat alle genodigden gearriveerd waren, haastte ze zich het gewoel in om het feest in goede banen te leiden.

Obers in gesteven witte jasjes manoeuvreerden dienbladen met drank en hapjes door de menigte. Koks met hoge witte mutsen bakten poffertjes. Op een vlak stuk van het glooiende grasveld bij Leuvenheim stond een blauw-wit gestreepte tent. De nichtjes droegen roze jurkjes. Godfried, de neefjes en ik hadden blauwe blazertjes aan met gouden knopen. Sterk ruikende tantes en onbekende vrouwen aaiden door mijn haren: 'Goh, Anastasia, van wie heeft hij dat mooie dikke haar?'

Zo heette ze. Anastasia. Grootvader Styringa had als diplomaat een post in Moskou bekleed, en dat had ze geweten. Het had haar niet alleen die naam bezorgd maar ook een charmant primitief bijgeloof. We mochten bijvoorbeeld nooit iemand een hand over een drempel heen geven, de derde toast was op de vrouwen, de haren uit haar borstel mochten onder geen beding naar buiten gegooid worden, en als iemand per ongeluk op je tenen ging staan, moest je daarna op diens voet stappen. Binnenshuis fluiten en sleutels op tafel laten liggen bracht ook ongeluk. Je kon begane fouten ontkrachten door de knopen van je kleren aan te raken. Ik aanbad haar. Ze had krachtige kaken en jukbeenderen, ze blaakte van vitaliteit. Haar blauwe ogen waren zo groot dat ik als kind altijd bang was dat ze uit hun kassen zouden vallen.

Over de heuvel kwam de fabrieksharmonie aangemarcheerd. Wij vergaapten ons aan de door de lucht tuimelende stafjes van de majorettes. De nichtjes keken begerig naar de rode uniformen en de witte panty's. Zo hard we konden ragden we heen en weer op de schommelbanken, roofden de bakjes met banketbakkerszoutjes leeg en speelden tikkertje op het gras.

Aan het einde van de middag zweeg de fanfare van het ene op het andere moment, het geroezemoes verstomde. Met Celestine en Hermance en een schaal tompoezen zat ik onder een tafel. Het witte damast onttrok ons aan het zicht. We likten de gele pudding uit de tompoezen en gooiden de afgelebberde deegbladeren op een stapel. De plotselinge stilte maakte ons nieuwsgierig. We kropen te voorschijn.

De driehonderd feestgangers hadden hun gezichten naar de hemel gewend als een veld zonnebloemen naar de zon. Oom Arthur wees omhoog: 'Daar! Celestine, zie je het?'

'Wat pap?'

'Ooievaars! Kijk, Octave, daar!'

De ooievaar was ons familiewapen. Boven de voordeur van Leuvenheim was een eeuwenoude steen gemetseld met een gebeeldhouwde ooievaar. De fiere, op één poot staande ooievaar met een kikker in de snavel was tevens het logo van de Dupont-fabrieken.

Celestine en ik zaten op onze knieën. Hoog boven ons vlogen twee vogels, met grote trage slagen, zelfbewust, met een koninklijke elegantie. Het was alsof je de vleugels in de blauwe lucht kon horen slaan. Toen de vogels bijna uit beeld waren verdwenen, werd er gejuicht en geklapt. Oom Karel riep uitgelaten: 'Wie heeft dat geregeld?! Briljant!'

Moeder staarde naar de lucht, een hand voor de mond geslagen. Haar ogen glansden. Dit waren gunstige voortekenen, dat kon niet missen.

Het pakte anders uit. Niet lang na het feest kwam het ongeluk over ons.

Mijn kleren had ik aangehouden. Ik lag onder een plaid op de canapé aan haar voeteneind. Ze ademde zwaar maar regelmatig. Tweemaal werd ze wakker, de eerste keer gaf ik haar een beetje water, de tweede keer plakte ik voorzichtig een morfinepleister op haar arm. Buiten regende het, als een tropische bui die nooit meer zou stoppen. Uit de kartonnen doos naast het bed klonk af en toe getok of het ruisen van veren langs het karton. Ik had Skip erin getild en de deksel neergeklapt.

Elk halfuur liep ik naar de zitkamer en belde Godfried. 'This is Godfried Dupont, please leave your message after the beep.' Waar zat hij? Lag hij weer boven op een of andere blonde campari-snol? Dan zou hij zijn gsm toch aan laten staan? Daarna liep ik naar de keuken en zocht naar iets om in mijn mond te stoppen, een stuk chocola, een teug vanillevla, een hap quiche. Vervolgens nam ik mijn positie aan het voeteneinde weer in. Naast en onder haar bed stonden rollen wc-papier en doosjes 60 wattlampen, als een laatste verdedigingslinie. De televisie stond werkloos naast me. Al weken had ze geen zin meer om te kijken.

Net als alle kamers in het huis had haar slaapkamer een hoog plafond met art nouveau-stucwerk. Het behang krulde bij de plinten. Met cellotape was gepoogd het aan de muur te hechten. Duinzigt was gebouwd als zomerhuis in de jaren dertig, de arme tijd. Pas toen waren auto's sterk genoeg om bouwmaterialen de steile helling op te brengen.

De afgelopen maanden had ik bijna al mijn tijd bij haar doorgebracht. Omdat zij erop aandrong, had ik voor de vorm nog enkele colleges gevolgd, maar veel was daar natuurlijk niet van terechtgekomen. Ze was niet oud, net achtenvijftig, maar de aftakeling tekende zich genadeloos af. Met de dag was ze onhandiger en zwakker geworden, en steeds moeilijker viel het haar te verbergen dat ze pijn leed. Desondanks repten we met geen woord over haar ziekte; in het huis van de gehangene spreekt men niet over de strop. Het was de tactiek die ze op alle crises in haar leven had toegepast: de ontkenning. Ze deed alsof ze toevallig even in bed lag. Over eigen ziekte spreken, dat dééd je niet. Eén keer, in al die maanden, liet ze zich iets ontvallen: 'Ach ja, het zit in de familie.'

Als je de mensheid moest splitsen in denkers en doeners, dan behoorde moeder onbetwist tot de laatste groep. In bed liggen, afhankelijk zijn, dank je wel moeten zeggen, dat was het voorportaal van de hel. Gelukkig maakte de morfine haar sereen. Het blondgrijze haar krulde elfachtig om de slapen. Ik kon me haar goed voorstellen als kind. Hoe zij in de vakanties bij de Savelberg had rondgerend, geschommeld en in bomen geklommen. Ze was een frêle meisje geweest. En nu, een vloek en een zucht later, lag ze hier.

Na de dood van haar moeder was zij naar kostschool gestuurd. De invloed daarvan was moeilijk te onderschatten. Een Engelse diplomaat die in het Midden-Oosten gegijzeld was geweest, zei naderhand dat in vergelijking met Stowe de Hezbollah niet zoveel voorstelde. Op kostschool had hij geleerd naast de werkelijkheid te gaan staan, zich te distantiëren van de situatie waarin hij zich bevond.

Moeder had zich nooit aangepast. In de bedaagde provinciestad was ze bijvoorbeeld altijd op hoge hakken blijven lopen. Wat niet wegnam dat Godfried en ik de Dupontwaarden – een mengeling van grandeur en kneiterigheid, van kosmopolitisme en calvinisme – met de paplepel ingegoten hadden gekregen. Consequent was ze alleen wanneer haar dat uitkwam. We leerden even goed met een machinebankwerker om te gaan als met de koningin. Dat sloot een sterk klassebewustzijn overigens niet uit, integendeel eigenlijk. Ze kon in een willekeurige opgedirkte golfmevrouw feilloos de garagist van twee generaties terug herkennen en was niet te beroerd ons daarop te attenderen.

Ik draaide en keerde me van links naar rechts op de canapé, maar ik kwam zelfs niet in de buurt van slaap. Ook moeder wentelde zich ongedurig in het bed. Ze sloeg het dekbed van zich af. Ze slaakte een gutturaal gegrom.

'Nee. Nee!'

Ik haastte me naar haar toe. Ze hallucineerde. De ergste nachtmerries had ze. Oorlog, vliegtuigen, dood. De nachten waren het ergst. Het kwam ook door de morfine. Haar ogen waren gesloten. Ze schudde het hoofd wild en fluisterde: 'Waar is hij? Waar is hij?' Haar tanden knarsten. 'Breng hem.'

Ik pakte haar schouders, maar ze sliep alweer. Beduusd liet ik me op de harde houten stoel zakken en wachtte gespannen af.

Op een zomerse dag kwamen Godfried en ik uit school. Moeder liep ons in de hal tegemoet. Haar stem klonk schril.

'Jullie hoeven volgende week niet naar school. We gaan op vakantie.'

'Waarheen?' vroeg Godfried.

'Verrassing.'

Ze lachte, maar haar ogen waren rood. Ze trok mij tegen zich aan. Dat was ongewoon; ze was nooit zo aanhalerig. Tijdens het eten bleef haar blik opvallend vaak op mij rusten. In het voorbijgaan van en naar de keuken raakte ze me steeds even aan, als bij toeval.

Die avond hoorde ik vanuit mijn bed vader en moeder beneden met harde stemmen praten. Ik ging naar de wc en door de trapspijlen heen zag ik hen in de zitkamer zitten. Moeder had het gezicht met de handen bedekt. Vader leunde over haar heen, zijn handen op haar schokkende schouders.

De volgende ochtend vroeg stond vaders goudkleurige Buick klaar. We moesten ons snel aankleden en staande een boterham naar binnen werken. Verder ontbijten deden we in het vliegtuig. We vlogen naar de Rivièra. Daar reden we in een witte huurauto langs de kust. Godfried en ik hielden ons gedeisd, omdat vader en moeder zichtbaar uit hun doen waren.

Aan het begin van de oprijlaan stond aan weerszijden een pilaar met VILLA LUCIA. In de hoge kamers wemelde het van de oude dingen, net als thuis. Er was een open haard waar je doorheen kon kijken. Hij verwarmde zowel de eet- als de zitkamer. Daar aten we aan een ovale tafel. Na het toetje renden Godfried en ik om de haard. Godfried trok duivelse koppen. Ik durfde nauwelijks terug naar onze kamer. Over het duistere erf gingen we naar het voormalige koetshuis. Godfried hield niet op te sarren dat vliegende honden, vampiers, satans en andere bloed drinkende monsters in de tuin het op mij gemunt hadden. Die al dan niet bestaande wezens boezemden mij niet zoveel angst in, ik was vooral bang voor mijn broer. Hij had zo'n rare blik in zijn ogen. De zon was achter de bergen verdwenen, de lucht was pikzwart.

De luiken van onze kamer waren gesloten, buiten kwaakten kikkers. De smeedijzeren bedden zakten diep door. Nadat vader en moeder ons hadden ingestopt en de deur heel zacht achter hen was dichtgevallen, ging Godfried rechtop in bed zitten.

'Octave?'

Ik draaide me om en spitste mijn oren.

'Ja?'

'Ik moet je iets vertellen.'

In zijn toon klonk ingehouden spanning. Hij wachtte, om mij extra angst aan te jagen, of misschien ook omdat hij zelf bang was.

'Wat?'

'Je...' Hij zweeg even.

'Vanmiddag heb ik pappie en mammie horen praten. Ze hadden het over jou. Je bent anders.'

Anders? Wat bedoelde hij?

'Nietes,' antwoordde ik zacht.

'Pappie zei het.'

'Nee!'

'Jawel,' zei Godfried beslist.

Ik wilde niet anders zijn. Van Hendriks, de kruidenier vlak bij school, werd gezegd dat hij anders was. Hij had geen vrouw. Wij kochten daar nooit.

'Je hoort me toch wel?'

'Nee!' siste ik. 'Ik ben niet anders!'

Godfried draaide zich om en ging op zijn zij liggen, met zijn rug naar mij toe. Hij was elf, drie jaar ouder, hij had verstand van de dingen van het leven. Ik wilde niet anders zijn. Ik wilde niet als Hendriks zijn. Ik wilde als iedereen zijn.

Het was donker. Buiten blafte een hond. De vochtige kalk op de muren rook bedompt. Het bed kraakte en piepte. Godfried haalde diep adem.

Ik lag op mijn rug, mijn ogen stijf dichtgeknepen.

De wereld was gekanteld.

De volgende dag was ze verbazingwekkend kwiek. Ik was gebroken, maar zij zat rechtop in bed met een kussen in haar rug. Terwijl ik me schoor had Jenny haar 'opgeknapt'. Dat deed ze iedere dag, met matig succes. Haar wangen zagen eruit als een door een illegale Pool gestucte muur.

Misschien was het nog niet zover, dacht ik, hoopte ik. Ik moest plaatsnemen op de rechte houten stoel. Een spraakwaterval volgde, alsof ze iets goed te maken had. Het ging voornamelijk over het roemruchte Dupont-familieverleden. Zelfs vaders minder fraaie eigenschappen waren erin opgelost, als zure druppeltjes in een oceaan van grootheid. Ze schonk me het gedenkboek dat was uitgegeven ter ere van het honderdtwintigjarig bestaan van de Dupont-machinefabrieken. Ze was onverbeterlijk. Op de valreep probeerde ze me nog eens goed in te prenten dat ik een Dupont was.

Terwijl ze praatte en praatte, veranderde haar slaapkamer nog eenmaal in een fabriekshal, waar het geram van voorhamers op plaatstaal echode en de dampen van roodgloeiend gietijzer je in het gezicht sloegen. Moeder verafgoodde grootvader Dupont. Ze was verliefder op hem geweest dan ooit op zijn zoon. De Grote Weldoener, grondlegger van de halve vaderlandse industrie. De trein naar het provinciestadje wachtte iedere dag tot grootvader er was. Overgrootvader had een nog aardiger feodale gewoonte; zijn koetsier was geëquipeerd met een fluitje, waarop hij moest blazen als het rijtuig het stadje naderde, zodat de mensen wisten dat hij er aankwam en hun petten vast in de hand konden nemen.

'Je weet wat je grootvader in de crisisjaren tegen de arbeiders heeft gezegd?'

Alsof ik het niet wist. Het behoorde tot de familieklassiekers. Het verklaarde waarom de Duponts tegenwoordig betrekkelijk bescheiden leefden.

' "Zolang wij, directieleden, te eten hebben, zult ook gij te eten hebben!" '

Ze keek me triomfantelijk aan, alsof zij morgen zo weer de flappen zou trekken om de armlastigen bij te staan: 'Dat gold zowel voor de arbeiders als voor de werklozen. Uit eigen vermogen hielp je grootvader ze de crisisjaren door. Och, die mensen waren hem allemaal zo dankbaar. "Meneer Godfried", ze aanbaden hem. Zijn begrafenis...'

Diep in haar hart had zij een stal Argentijnse polopaarden, een Loire-kasteel of een lap grond in Extremadura een betere investering gevonden. In tegenstelling tot wat algemeen gedacht werd, beschikte de familie niet meer over dat soort bezittingen. Eigenlijk was er alleen nog de naam. Ook voor de Duponts gold de universele wet: hoe minder ze bezaten, hoe deftiger ze werden.

Na een tijdje raakte moeder vermoeid. Ze zweeg even. Ze leek nog iets anders te willen zeggen.

Voorzichtig legde ik een hand op haar schouder: 'Herinner je je mijn geboorte nog?'

Ik wilde haar omarmen. Ze duwde me weg.

'Houd mijn hand maar vast.'

Die dagen kon ze het niet meer hebben dat je haar vastpakte. Ze keerde meer en meer in zichzelf. Ze leek ook steeds kleiner te worden.

'Herinner je je dat nog?' vroeg ik nog eens.

'Wat bedoel je?'

'Nou, hoe het was – alles. Het was op dezelfde dag dat die kaping beëindigd werd, toch? Daar heb je nooit over verteld. Ik kan me voorstellen dat dat... aangrijpend was.'

'O nee, helemaal niet. Het was juist een heel feestelijke dag. Mensen stonden in hun pyjama's op de balkons. Anderen sloegen de gordijnen open toen wij naar het ziekenhuis reden. Het hele land verkeerde in een feestroes, eindelijk was het drama voorbij.'

'Kom, je maakt mij niet wijs dat dat één groot feest was. Het was toch op z'n minst spannend? Of eng? Jullie zaten er middenin.'

Ik keek haar niet aan.

'Nou ja, toen we bij dat hotel weggingen – we sliepen al een paar nachten in dat hotel –, kwamen er straaljagers over. Ze maakten een kabaal, afschuwelijk, net als de stuka's van de moffen, zo *hnnjjjjjj*.'

Ze trok haar mond scheef en probeerde een tandartsboor na te doen. Veel geluid kwam er niet.

'Die waren speciaal gemaakt om mensen bang te maken.'

'En, in het ziekenhuis?'

Ze zweeg even, ze was buiten adem.

'Je vader ging de krant zitten lezen.'

Moeder schudde misprijzend haar hoofd.

'En, eh, hoe ging dat, werd ik nog meegenomen, om gewassen te worden of zoiets?'

'Toe, Octave, ik ben moe.'

'Moeder.' Ik trok mijn schouders naar voren. Voorzichtig vroeg ik: 'Zou je Finn niet eenmaal willen zien?'

Haar blik verstrakte. Ze deed alsof ze me niet hoorde: 'Roep Jenny, ik moet naar de badkamer.'

Ik zit met Balthazar in de zitkamer. Hij ruikt lekker, zijn huidje is zacht, hij hobbelt tevreden op mijn knieën, de zon schijnt de kamer in. Ik heb een vrije dag. Tina slaat proviand in voor het weekend. Luiers en babyvoeding, ze is de borstvoeding aan het afbouwen. Ze wordt weer van mij, mijn vrouw. Ik draag Balthazar naar de keuken en zet melk op voor de koffie. De telefoon rinkelt. Ik laat hem rinkelen, ik ben bezig. Dat heb ik van moeder: als het belangrijk is, bellen ze nog wel een keer. Ik heb de krant opengeslagen op het aanrecht: 'Geweld op Ambon laait weer op'. De telefoon gaat opnieuw. Zodra ik Balthazar op de bank leg om de hoorn op te nemen, begint hij zachtjes te jammeren.

Collect-call uit Canada. Godfried.

'Dobri djeen gospodin Short!'

'Dobri djeen gospodin Michailov. Kak djela?'

'Otsjen chorosjo, otsjen chorosjo! Spasibo, spasibo pozjalsta, a wy?'

'Wat is dat voor kabaal?'

'Ik ben even in Toronto, in El Mocambo! Hoor je het? "Kungfu Fighting." Ik moet het kort houden, er zijn allemaal hysterische wijven hier die met me willen praten.'

'Nou, dat is zo slecht toch nog niet?'

'Ik wil niet met ze praten, ik wil...' gilt hij. De jaren zeventig-hit tettert erdoorheen.

'Godfried, één seconde, ik ben melk aan het koken, even afzetten.'

'God, wat zijn we uit elkaar gegroeid,' giert Godfried.

Ik neem de pan van het fornuis en draai het gas uit. Als ik terugkom aan de telefoon, is hij bedaard en vraagt plompverloren of ik nog weleens iets van Finn hoor. Zijn tong is gezwollen van de drank, maar hij articuleert duidelijk.

'Nee. Hoezo?' zeg ik.

'Ben je toen bij hem thuis geweest?'

'Je bedoelt, toen moeder... Ja, op de stoep. Om te vragen of hij meeging. Ik moest direct weer weg, het kon elk moment afgelopen zijn. Wil je hem spreken of zo? Wil je zijn nummer?'

'Nee, dank je feestelijk. Waar woonde hij?'

'Op de Prinsengracht, hoezo?' Godfried heeft Finn altijd consequent genegeerd, gedaan alsof hij niet bestond, zelfs nooit eerder zijn naam uitgesproken.

Hij zwijgt even.

'Die vent drentelt als een teckel om vader heen.'

Ik kukel bijna van de stoelleuning af. Het is alsof hij me vol in de maag trapt. Ik hap naar lucht.

'Vrijwel iedere maand zit hij daar. Ze schijnen het dolletjes te hebben en samen te kuren en zo.'

'Dat meen je niet?! Hoe weet je dat?'

'Van oom Karel, die waarschuwde me. Heb jíj hem vaders adres gegeven?' Het klinkt verwijtend.

'Nee, ben je gek? Ik heb hem destijds hoogstens vijf minuten gesproken. Daarna nooit meer. Daar heb ik ook geen enkele behoefte aan. Trouwens, ik heb dat adres niet eens!'

Finn, die iedere familieband een wurgkoord had genoemd, zat nu in het Schwarzwald te slijmen? Wentelde zich naast vader in de *Dampf- und Kräuterbäder*?

'Waarschijnlijk denkt die aasgier dat er nog tientallen miljoenen te verdelen zijn. Nou ja, hij doet zijn best maar,' zegt Godfried.

'Hoelang is dit al gaande?'

'Dat hij vaders hielen likt? Op z'n minst een paar maanden. Ze schijnen al langer contact te hebben. Hoelang weet ik niet.'

Balthazar schroeft het volume op en maait met zijn armpjes om zich heen. Uit het westen, over de duinen, drijven wolken naderbij die de schaduwen dempen en de scherpe contouren doen oplossen. De verwachting die over de zonnige ochtend lag, is in één beweging verdwenen.

'Drinkt hij nog zoveel?'

'Geen idee.'

Godfried en ik zoeken vader niet op, wij laten hem erin stikken, in de heilzame modderbaden en de wortelsapkuren van de Regena-kliniek. Balthazars gezichtje loopt knalrood aan. Ik hel naar hem over.

'Hé, mishandel je mijn petekind?' vraagt Godfried gemaakt bezorgd.

'Hij heeft honger, denk ik. Het is net zo'n beest als jij. Ik ben alleen met hem, ik moet ophangen.'

Ik ben als een kind dat heel veel geslagen is. Wil je bij mij nog effect bereiken dan moet je me een enorme knal geven. Dat is 'm gelukt.

'Okay, ik hoor het al, gezellig. Do svidanja!'

Nadat ik de hoorn heb neergegooid, hijs ik Balthazar tegen mijn borst en toon hem het uitzicht over de duinen. Tot aan de horizon is de hemel bedekt met donkergrijze wolken, hier en daar een blauw spleetje. Balthazar is buiten zinnen. Voorzichtig probeer ik hem in de keuken een fles te geven. De melkpap spuugt hij onmiddellijk weer over mij uit, in dikke klodders. Hij is er nog niet aan gewend. Ik klop hem op de rug in de hoop dat een boertje hem zal opluchten.

Hij zet het op een krijsen als een op hol geslagen autoalarm. Mijn hoofd lijkt te splijten. Ik krijg zin om een prop kranten in zijn mond te duwen. Hij maakt het slechtste in mij los. Met gestrekte armen houd ik hem voor me: 'Ben jij mijn zoon? Ja? Bewijs het dan! En hou op! Kappen. Nu niet! Nu even niet. Hoor je me?'

Er zijn dagen dat alles volkomen vanzelfsprekend is en dagen waarop helemaal niets vanzelfsprekend lijkt. Ik leg de verkrampte baby in zijn bedje in de blauwe babykamer en trek de deur achter me dicht. Ik bel Esther, een meisje uit de straat, en vraag of zij twintig minuten kan komen oppassen. Onmiddellijk.

Ze zeggen dat je de problemen die je in je eigen leven niet oplost doorgeeft aan je kinderen, of je wilt of niet. Je wordt gedwongen het patroon te herhalen, en jouw kinderen weer op hun beurt, generaties lang. Tenzij iemand het patroon doorbreekt zet de ellende zich voort tot het einde der tijden.

Finn is gewoon naar hem toe gegaan. Hij wel. Ik graai mijn agenda en de sleutels van de Golf van de keukentafel en loop zonder omzien het huis uit. Met mijn vingers glijd ik langs de knopen van mijn jas en tik ze een voor een aan. In mijn bovenbuik groeit een pijn alsof mijn middenrif in een klem genomen wordt. In mijn kop het geluid van krijsende eksters.

Moeder bonsde op de deur. Ze smeekte bijna. Je moest echt stalen zenuwen hebben, wilde je dat weerstaan. Er kwam een dwingend vibrato in haar stem, met iedere vezel voelde je dat het zo meteen menens werd. Ik had het wc-deksel naar beneden geklapt en zat erop. Mijn benen bengelden boven de tegels.

'Toe, Octave, maak open.'

Zodra je antwoordde, was je verloren. Dan nam zij direct het initiatief over. Ik hield mijn lippen stijf op elkaar en maakte me zo klein mogelijk.

'De ezelwagen staat klaar. Met een lief grijs ezeltje ervoor.' Haar geduld raakte op: 'Kom nu onmiddellijk, we blijven niet eeuwig wachten!' Ik moest ergens anders gaan wonen. Ik zei niets.

'Nou, goed, tot straks dan. Veel plezier!' Haar voetstappen verwijderden zich, de deur sloeg dicht. Ze liep gewoon de kamer uit. Vaarwel moeder, vaarwel.

Het werd stil om mij heen, beklemmend stil. Mijn handen omvatten de koude wc-pot. Vijftig tellen. De ezelkar schommelde de laan met vliegdennen af. Ik moest sterk zijn. 23, 24, 25, 26, 27. Ik liet mijn voeten naar de grond zakken en drukte mijn oor tegen de deur. 32, 33, 34, 35. Mijn hand omsloot de deurkruk. Ze waren nu bij de poort. Ze passeerden de pilaren met VILLA en LUCIA. 38, 39, 40. Ik opende de deur en loerde door de kier. De kamer was leeg en duister. Op mijn tenen sloop ik door de koele ruimte en opende de deur naar het terras.

De ezel stond bewegingloos voor de kar, zijn staart zwiepte zacht heen en weer. Godfried hing achter in de kar met een grote domme pet over zijn oren en gluurde naar me. Moeder zat op haar hurken tegen de buitenmuur geleund. Ze greep me vast en trok me naar zich toe.

'We hebben nog even gewacht,' zei ze plagend. 'Ik dacht wel dat je toch mee wilde.' Ik probeerde me los te wringen, maar ze was sterk. Woest maaide ik om me heen. De voerman sprong van de bok, een pezig ventje met een zwarte baard en van touw gevlochten sandalen. Zijn handen klemden als bankschroeven. Hij tilde me op en legde me in de laadbak. Moeder nam naast hem op de bok plaats. Hij porde de ezel. Het dier begon te lopen. Vader stond boven aan de trap van Villa Lucia en keek toe. Voordat we de poort uit zwenkten, verdween hij het grote roze huis in.

De wagen schommelde traag naar beneden over een eindeloos pad omsloten door muurtjes van gestapelde stenen. Moeder droeg een witte hoed met brede rand. Ik zat met mijn rug naar haar toe. Mijn benen bungelden over het achterschot van de kar, het grijze rotsige pad trok onder me voorbij.

'Kom Octave, lach eens. We gaan naar het strand. Waarom ben je zo stil?'

Ze klom over de rugleuning van de bok, de hele wagen schudde ervan. Ze kroop op haar knieën naar me toe. 'Je bent mijn jongen – mijn jongen, hoor je dat?'

Ze kwam naast me zitten en hield me vast. In haar zonnebril zag ik mezelf weerspiegeld. Tranen welden achter mijn ogen. Haar vrije hand legde ze naast de mijne op het achterschot: 'Kijk, we hebben dezelfde handen, typische Styringa-handen. Dezelfde smalle vingers.' Ze wurmde haar hand onder de mijne. Zo reden we naar de kliffen.

Het laatste stukje moesten we lopen. Ze hield mijn hand stevig vast. De mijne paste precies in de hare, ze hoorden bij elkaar. Op een strandje van zwart zand en kiezels spreidde ze een grote handdoek uit.

'Octave, wat is er nou met je?'

'Dat weet je toch?' piepte ik. Ik wierp een schuwe blik naar Godfried.

Hij had de pet afgezet en zijn zwembroek al aan. Hij liep het water in. Zijn neus was naar de zee gericht, maar vanuit zijn ooghoeken keek hij naar ons.

'Godfried, kom hier!'

'Ik ga juist zwemmen.'

'Je hoort toch wat ik zeg? Kom hier!'

Alsof hij door stroop waadde, liep hij naar haar toe.

'Wat heb jij tegen Octave gezegd?'

'Niks.'

Hij tuurde naar de horizon. Met zijn grote teen trok hij een spoor in de zwarte kiezels.

'Wat heeft Godfried tegen jou gezegd?' vroeg moeder dreigend. Haar grote ogen rustten nu op mij. Ik haalde mijn schouders op en trok mijn zwembroek aan.

'Kom hier, ik moet jullie insmeren.'

Haar hand met de koude zonnebrandolie wreef ruw over mijn rug.

'Voorkant.'

Ik draaide me om.

'Neus.'

Ik sloot mijn ogen. Daarna was Godfried aan de beurt. Hij had het werkelijk nodig. Hij hoefde maar drie minuten in de zon te lopen of hij zat al onder de blaasjes, als een mislukte pannenkoek.

Ze liet ons gaan. Zij aan zij liepen we de zee in. We glommen van de olie, de zon ketste van ons af. Ik voelde haar ogen in mijn rug.

Bij de fietsenstalling hoorde ik hem roepen: 'Octave! Octave!' Tegen het hek, tussen de moeders die de kleintjes kwamen halen, stond vader. Wat deed die daar? Hij kwam, behalve op ouderavonden, nooit op school. Ik liep naar hem toe. Godfried volgde me. Sinds we terug waren van de Rivièra waren we onafscheidelijk.

'Kom, Octave, we moeten even langs het ziekenhuis.'
'Waarom?'
'Gewoon bloed prikken. Meer niet.'
'En mijn fiets?'
'Laat die maar hier.'
'En ik dan?' vroeg Godfried, die bij ons was komen staan: 'Mag ik mee?'
'Ga jij vast naar huis. Wij zijn zó klaar.'
'Okay.' Hij stak een hand in de lucht en liep naar het fietsenhok. Ik stapte bij vader in de auto, het portier zoog dicht. Zonder een woord te zeggen reden we met hoge snelheid naar het ziekenhuis. De Buick golfde over de kuilen in de weg en gaf je het gevoel dat je zweefde. Bij de glazen schuifdeuren in het ziekenhuis legde vader zijn hand op mijn schouder en duwde me naar binnen. Hij trok een nummertje.

'Welk nummer hebben wij?' vroeg ik.
'Honderdzeventien.'

We gingen zitten in een plastic kuipje. Honderddertien was aan de beurt. Vader keek rond en bewoog zijn onderbeen heen en weer, zodat de hele rij stoelen licht trilde. Hij keek steeds op zijn horloge. Tegenover ons zat een oude dame, die naar vader knikte. Hij negeerde haar.

'Wat heb je eigenlijk?'
'Niks, bloedonderzoekje – bij ons allebei,' zei hij langs zijn neus weg.

'Maar ik heb laatst toch al de sporttest gedaan?' Vader gaf geen antwoord. Hij legde zijn hand een seconde in mijn nek en trok hem weer weg. Er was iets, en hij wilde niet zeggen wat. Zogenaamd geruststellend glimlachte hij me toe. De oude vrouw ving mijn bedrukte blik op, tikte op haar borst: 'Allergietest? Je hoeft niet bang te zijn, hoor; de zusters kunnen heel goed prikken.'

Nummer 115. De vrouw verrees. Haar pruik was een beetje scheefgezakt. Ze zwaaide met een hol handje naar me: 'Toi-toi', alsof ik een kleuter was, en verdween een deur in.

'Ik ben helemaal niet bang,' zei ik. 'Wat is dat, allergie?'

'Hou nou maar even op met al die vragen, ga wat lezen.'

Op de tafel stond een kartonnen rekje met folders. Ik pakte er een, over donorbloed. 'Bent u van plan in een periode van twaalf uur na de bloedafname een gevaarlijk beroep of hobby uit te oefenen, zoals piloot, duiker of glazenwasser?' Ik rechtte mijn rug. Misschien was zo'n bloedprik zo gek nog niet. De volgende vraag deed me schrikken. 'Hebt u ooit een sekspartner gehad uit een land in Afrika ten zuiden van de Sahara?' Ik las de vraag een tweede keer, de precieze betekenis bleef onduidelijk. Het klonk als een strikvraag. Mijn wangen begonnen te gloeien. Vader merkte het niet, hij was verdiept in een *Arts & Auto*. Ik las het nog eens. Wat werd er bedoeld? Het had met sex te maken.

Er kwam een jonge vrouw de wachtkamer in, ze knikte naar me. Ze wist waarvoor ik daar zat. Ze zag het aan me. Nou, jij bent er vroeg bij, hè, zei haar glimlach. Mijn hoofd werd roder en roder. Ik schoof de folder snel in een beduimeld tijdschrift over tuinieren en verborg me achter een *Donald Duck*.

Nummer 117. Deur A. Vader stond op. Met mijn blik naar de grond gericht liep ik achter hem aan. Mijn hoofd gloeide nog steeds. Hij trok de deur open. Erachter was een klein hokje met twee stoelen. Een heel blonde zuster lachte ons toe. Ik stopte in de deuropening.

'Dag,' zei vader. 'Sjollema heeft ons gestuurd. Met hem is dit besproken. Daar weet u van?'

'Jazeker meneer Dupont,' zei de verpleegster, en tegen mij: 'En jij bent Oktaven?'

'Oktááf.'

Ze haalde een glazen buisje te voorschijn en plakte er een stickertje op dat ze behendig afritste. Ze knikte naar de stoelen.

'Neem plaats, jij het liefst hier, Oktaven.'

Ik bleef staan waar ik stond.

'Ik ben niet allergisch,' fluisterde ik tegen vader. Hij reageerde niet. Hij legde een hand op mijn schouder en probeerde me het kamertje in te werken.

'Ik ben nog nooit in Afrika geweest,' voegde ik eraan toe, en ik klemde me vast aan de deurpost.

'Kom, dan kan de deur dicht.'

Achter me zwaaide de blauwe gangdeur open. Moeder vloog de wachtruimte in.

Vaders pupillen vergrootten zich.

Moeder greep mijn hand. Haar hoofd draaide woest heen en weer tussen de verpleegster en vader.

'Het is niet te geloven,' siste ze tegen hem. Ze sprong zowat uit haar vel. 'Onbetrouwbare hond!' Het was de eerste keer dat ze zoiets zei waar ik bij was, tot die dag in september hadden ze altijd één front gevormd. Als er al strubbelingen tussen hen waren, lieten zij daar nooit iets van merken.

Ze draaide zich om en sleurde mij het ziekenhuis door. Ze trok mijn arm zowat uit de kom. Op haar hoge hakken beende ze door de betegelde gangen en hallen. Haar auto stond pal voor de deur geparkeerd. Eenmaal in de blikken kooi leek al haar energie weggesijpeld. Met twee handen omklemde ze het stuur en legde haar hoofd erop.

Na een tijdje haalde ze diep adem en startte de auto. We reden naar Van der Klee, de ijswinkel. Ik mocht het grootste ijsje uitzoeken. Het werd een oubliewafel met chocolade-, vanille- en hazelnootijs. Moeder nam een hoorntje met één bolletje kaneel. In de auto likten we ze zwijgend weg.

'Mijn fiets staat nog op school,' zei ik.

Over het zandpad tussen de korenvelden liep ik naar huis. Zodra de bebouwde kom met de nieuwe school achter me lag en ik het weidse akkerland bereikte, sprong mijn hart open. Ik plukte bloemen voor moeder. Ze waren prachtig. Felrood. De droge kluiten aarde braken onder mijn schoenen. Ik keek naar de bloemen in mijn hand, ze sloten zich, sommige verloren hun blaadjes. Ik rende naar het kleine huisje, schreeuwend: 'Moeder, moeder, ik heb bloemen!'

Maar het was te laat, de blaadjes lieten een voor een los en dwarrelden naar de grond. Met een bos stengels bleef ik op de keukenmat staan. Moeder kwam naar me toe gelopen, zag mijn teleurgestelde gezicht en zei lachend: 'Dat zijn klaprozen, lieverd, die kun je niet plukken, die bloeien alleen maar in het veld.' De vernedering, dat moeder de kant van de bloemen koos.

Tegen de blinde zijmuur van ons nieuwe huis groeide klimop waar vogeltjes nestelden. Een paar keer viel er een uit het nest op het pad van grindtegels. Het waren nietige wezentjes, tegelijk afstotend en deerniswekkend: kaal en paarsig met een enorme snavel en dichte oogjes. Het deed me pijn. Ze hoorden in het nest, ze moesten wormen eten, groot worden. Konden hun ouders niet wat beter op ze passen?

We woonden in de voormalige portierswoning bij grootvader Styringa, of opi, zoals wij hem moesten noemen. Het was een 'tussenhuis'. Moeder hield niet op dat te benadrukken, hoewel heel wat jonge ouders een moord zouden begaan om zo te wonen. Ik probeerde haar het leven zo licht mogelijk te maken. Vader hadden we al in geen tijden gezien.

's Avonds kon ik de slaap vaak niet vatten. Godfried

en ik sliepen onder het schuine dak, je hoorde de takken over de pannen schrapen. De Savelberg, het landgoed van grootvader Styringa, lag temidden van lichtglooiende bossen, tachtig kilometer ten zuiden van Leuvenheim. Opi was geboren op de Savelberg en had er altijd de vakanties doorgebracht. Na zijn pensionering was hij er gaan wonen. Een huishoudster verzorgde hem. Omi was al lang dood. Ze was aan K. bezweken, had ik de volwassenen weleens horen fluisteren. Lange tijd dacht ik dat daarmee oom Karel bedoeld werd. Ik had het hem nooit vergeven.

Niet ver van ons huisje liep de spoorbaan. Het spoor lag zes meter lager dan het maaiveld, in een geul. De treinen moesten er vaart minderen vanwege een bocht. In de oorlog waren mensen op weg naar vernietigingskampen regelmatig op die plek ontsnapt. Ze hadden zich laten vallen door gaten in de houten wagonvloeren. In de nacht klopten ze aan bij de Savelberg en de boerderijen in de omtrek. Op de zolders en in de schuren werden ze verborgen, soms maandenlang.

Een kilometer verderop sneed de spoorbaan het dorp doormidden. Aan de zuidzijde van het spoor lag een nieuwbouwwijk, aan de noordzijde bevond zich het domein van de roomsen. Ook het katholieke dorpsschooltje dat wij als enige niet-papen bezochten was daar. Elke dag liep ik, zodra de bel was gegaan, met mijn tas op de rug naar de dependance, een geel noodgebouw op betonnen klossen, waar de hogere klassen les hadden. Daar wachtte ik op Godfried.

Op een middag kwam Godfried niet uit de dependance, maar uit het straatje met lage huizen naast de school. Daar moest je niet komen, daar woonde tuig, rooms tuig. Hij rende op me af. Hij werd achtervolgd door een groepje jongens. Ze gooiden stenen naar hem. Halve bakstenen. Godfried had zijn donkergroene legerpukkel om zijn schouders geslagen om beide handen vrij te hebben. Hij hield een hand op zijn achterhoofd gedrukt. Hij bukte af en toe om stenen op te rapen en terug te gooien. Links en rechts van mij sloegen stenen in. Godfried wenkte naar het smalle paadje langs de sportvelden. Hijgend draafden we tot we het open veld bereikten en de jongens uit het zicht verdwenen waren. Er zat bloed in Godfrieds haar.

Moeder waste de wond in Godfrieds achterhoofd en verbond hem. Ze zat op een stoel en hield hem tussen haar knieën geklemd: 'Verroer je niet. Wat is er gebeurd?'

Godfried zei lijzig: 'Gevallen.'

Ze zag er breekbaar uit. 'Hier lig ik dus wakker van.'

Er waren slingers, taart. Het was de ochtend van Godfrieds twaalfde verjaardag. Van mij had hij wandelende takken gekregen, die ik samen met moeder had gekocht. Op de bank in de zitkamer zat ik een *Blueberry* te lezen, over Angelface, de mooie jongen die zijn gezicht had verbrand en wraak kwam nemen.

Voor het eerst sinds weken was vader er. Hij was met moeder in de keuken. Ze spraken fluisterend. Van achter mijn stripverhaal kon ik hun gesprek desondanks volgen.

'We hebben geen keuze,' zei vader.

Moeder, verontwaardigd: 'Natuurlijk wel.'

Godfried had een fiets met handremmen en versnellingen van hem gekregen.

'Het wordt ellende. Ik ken dat soort. Een geboren intrigant. De toon van die brieven! Straks haalt hij de pers erbij. Reken maar dat de grootste krant van Nederland daarvan zal smullen: "Dupont stoot niet alleen dochters af die buiten de kernactiviteiten vallen", in zúlke koeienletters,' zei vader. 'Je weet hoe precair mijn positie is.' Hij klonk vermoeid.

'Wat wil je eigenlijk? Je weet toch wat mijn standpunt is? Je moet daar korte metten mee maken, stuur Blaisse eropaf en laat Havinga uitzoeken wat voor mensen dat zijn. Dan binden ze wel in. En de pers, wat kan dat je schelen? Voor mijn part emigreren we.'

'Emigreren! Ik ben een Dupont, ja? Mijn plaats is bij het bedrijf.'

'Nee echt, ik ga niet terug. Geen haar op mijn hoofd. Als jij die briljante carrière belangrijker vindt, dan moet je dat zelf weten. Ik red me prima met de jongens.'

'Ik zal kijken wat ik doen kan,' verzuchtte vader.

'De keuze is aan jou,' zei moeder bits. 'Het bevalt me

eigenlijk wel om weer te werken.' Dat was nog eens nieuws. Moest je haar gezicht zien als ze 's morgens de deur uit ging. Ze was opgeleid tot tolk-vertaalster Russisch maar deed niets dan dom invoerwerk.

Er toeterde een auto, twee keer lang, dan drie keer kort en snel. Opi. Hij stampte zijn zware schoenen schoon bij de voordeur. Vader en moeder begroetten hem in de gang. Samen liepen ze de keuken in. De pijpen van opi's regenbroek ruisten langs elkaar. Hij kwam terug van de reeënjacht.

'Zo, Johan, goed jou hier weer eens te zien.'
'Koffie?' vroeg moeder.
'Heerlijk. En?' schalde opi: 'Weet hij het al?'
'Nee! Zachtjes.'
Mijn maag kromp ineen.
'Waar is hij dan?'
'In de zitkamer, dacht ik.'
Ik dook met de *Blueberry* achter de bank. Opi's stem in de deuropening: 'Nee hoor, hier niet!'

Hij liet zich op de bank zakken. Godfried kwam de trap af en stormde op opi toe.

'Hé, daar hebben we de jarige Job! Dit is voor jou.'
Pakpapier scheurde.
'Kun je me eindelijk van die verdomde konijnen verlossen. Ze vreten alles op. Voorzichtig. Kijk, zo moet je hem vasthouden. Juist. En zo. Ja, daarvoor moet je even kracht zetten. Zie je wel?'

Er klonk een klap.
'Dit zijn de kogeltjes, 5,5 mm, die doe je hier. Voorzichtig, hè.'

Moeder kwam met een rinkelend dienblad de kamer in.

'Wat is dit in 's hemelsnaam? Pappie!'

'An, rustig nou. Hij is niet geladen. Als je hem correct gebruikt, is er geen enkel gevaar. Hoe eerder hij leert met wapens om te gaan, hoe beter. Op zijn leeftijd had ik al een vuurbuks. Discipline, daar gaat het om.'

'Ik wil dat enge ding niet in huis.'

'Weet je wat we doen? We bergen hem nu op en Godfried gaat onder mijn leiding leren schieten. Wat vind je daarvan?'

'Vooruit dan maar,' zei moeder. 'Waar zit Octave nou toch?'

'Echt een kind van zijn vader, hè!' zei opi opgetogen.

'Pap, wil je de kippentruc doen?' vroeg Godfried.

'Voor jou alleen?'

'Ja!'

'Natuurlijk. Es kijken of ik het nog kan.'

Niets was heilig. Zodra ik het gezelschap naar buiten hoorde stommelen, glipte ik naar boven, de badkamer in. Daar sloot ik me op. Dat deed ik wel vaker. Doodstil was het er. Dat bleke licht, de weerspiegeling van de lichtgrijs bewolkte lucht in de pleepot en in de witte tegels. Ik haatte die muurtegels, dat witte keramiek, om je tanden op te breken. Soms leek het of ik al mijn tijd doorbracht in badkamers en op wc's.

Boven het schoolbord was een gipsen Jezus gespijkerd, een groene lendedoek om zijn heupen. Zijn hoofd hing er gekweld bij. Door zijn handpalmen staken lange draadnagels. Knalrood bloed sijpelde uit de wonden. De groene en gele verf was vaal, op sommige plekken piepte het witte gips erdoorheen. Zijn voeten lagen op elkaar, één lange spijker door beide voeten.

Meester Kreutzer stond voor het bord. Onder zijn strenge ogen woekerde een rode baard. Zijn broeken waren of te kort of te krap in het kruis. Iedere les begon en eindigde met gebed. Zodra meester Kreutzer met gesloten ogen en gevouwen handen achter de lessenaar zat, begon de aanval. Pennen prikten van alle kanten in mijn rug. Gewoonlijk verroerde ik me niet, liet het gelaten over me heen komen als een onvermijdelijk natuurverschijnsel. Die ochtend begeleidde iemand de dagelijkse pesterij met smakkende kusgeluidjes. Ineens maaide ik naar achter, met meer kracht dan ik wist dat ik in me had. Mijn vuist schampte een neus.

Na de les verliet ik als laatste het klaslokaal. Ik was nog slap in de benen van mijn onverwachte optreden. Het was onheilspellend stil in het gebouw. Halverwege de granieten trap hield ik mijn pas in en luisterde. In de hal klonk onderdrukt gegrinnik. De gangen waren hoog en donker. Ik pakte mijn tas stevig vast en sprong de laatste treden met twee tegelijk en rende naar het licht.

'Kijk uit, hij ontsnapt!'

Mijn hart klopte in mijn keel. De deur naar het schoolplein rees voor me op als een vestingpoort. Op het moment dat mijn handen de deurknop raakten, werd ik van achteren bij mijn broek gegrepen. Met vereende krachten sleurden ze me naar het raamloze zijgangetje bij het muzieklokaal. Mijn achterhoofd sloeg tegen de muur. Gerrit schroefde zijn hand om mijn keel.

'Zo, krijg je spatjes?' Hij bracht zijn varkenskop naderbij, grijnsde en spuugde me vol in het gezicht. Ik sloot mijn ogen. Van alle kanten werd zijn voorbeeld gevolgd. Plakkerig kwijl droop langs mijn wangen.

'Doe z'n handen door de haken!'

De jashaken bestonden uit gebogen metalen lussen, aan de bovenkant een grote, aan de onderkant een kleine. Mijn armen werden gespreid, mijn drie middelste vingers in de grote lussen gestoken. Het ijzer sneed in het vlees.

'De andere ook!'

'Hé, op wie lijkt hij nu?'

Ze lachten als jakhalzen. Twee hielden mijn polsen omklemd, twee anderen mijn benen. Iemand greep mijn pinken en rukte er hard aan. De pijn schoot als een steekvlam door mijn polsen. Ik gilde het uit. Abrupt werd de martelsessie beëindigd. Ze stoven weg, de schooldeur viel met een klap dicht. Ik liet mijn hoofd hangen en staarde naar de vloer. Langs de muur liep een strook bruin graniet met dezelfde kotskleur als de muurtegels.

De hoofdonderwijzer hield mijn handen langdurig onder de koude kraan en bracht me eerst naar de dokter en toen naar huis. We spraken geen woord. De pinken werden ingezwachteld. Ik hoefde de rest van de week niet naar school.

Toen ik terug was in de klas, hielden de jongens zich gedeisd, maar ze grinnikten wanneer de meester niet oplette. Hij wijdde geen woord aan het voorval. De enige die mij aan een kruisverhoor onderwierp was Godfried, vanuit het bovenbed. Hij sprak heel kalm, alsof hij notities maakte: 'Gerrit, is dat die vette midvoor van E-3?'

De koffie in het plastic bekertje brandt in mijn hand. Het is even voor middernacht. Ik voel me een stuk opgejaagd wild. De stapel munten kletter ik op het stalen blad onder de telefoon. Enkele geldstukken stuiteren rinkelend op de stenen vloer. Ik sta tussen flessen ketchup en mosterd in een hoek van het tankstation, naast een vitrine met hotdogs die een kleffe hitte verspreidt. Je moet behoorlijk desperaat zijn wil je dat eten. Het duurt even voordat in de verte een piep klinkt. Er wordt onmiddellijk opgenomen. Ze slaapt met de telefoon.

'Ja?'

'Met mij.'

'Waar ben je? Octave!'

'Onderweg. Langs de snelweg.'

'Wat is er aan de hand? Waarom ben je weggegaan zonder ook maar enig bericht? Esther wist alleen maar dat je met de auto weg was. Ze dacht dat je binnen een halfuur terug zou zijn. Ik heb me van alles in het hoofd gehaald. Ik ben zó blij dat je belt.'

'Tina, rustig maar. Het spijt me, meer dan ik kan zeggen, maar...'

'Ik bén rustig! Waar ben je?'

'Bij Parijs.'

'Parijs?' Het klinkt zacht.

'Nou ja, een eindje onder Parijs, een kilometer of driehonderd.'

Stilte. Af en toe dansen er grijsblauwe vlekken, als grote dotten sneeuw, door mijn gezichtsveld. In de auto had ik daar ook al last van. Ik zag steeds een verticale grijze kolom, alsof in de verte een orkaan naderde.

'Niet zo ver van Beaune, geloof ik.'

Ik moet het haar zeggen.

'Ik ben bij Anouk geweest. Vanochtend.'
'Bij wie?'
'Bij Anouk, je weet wel.'
Ze hijgt een beetje.
'Die mensen wilden toch niets met jou te maken hebben?'
'Dat dacht ik ook. Maar ik moest het gewoon doen, één keer, begrijp je? Het móést.'
'En, hoe was het?'
'Ze was heel aardig – een beetje raar.'
'Hoe dan?'
'De sterren zijn heel belangrijk voor haar. Dat de heersende planeet Mercurius is, dat soort teksten had ze. Trouwens, 2000 wordt een heel goed jaar voor ons.'
'Nou, dat is fijn...'
'Ik vertel het je allemaal nog wel. Ik bel alleen maar om te zeggen dat je je geen zorgen hoeft te maken. Het gaat allemaal heel goed met me.'
'Octave – lijk je op haar?'
'Het was alsof ik een hysterische uitvoering van mezelf zag – met een pruik op en een jurk aan.'
'Jij met een jurk?'
'En mascara.'
'Mascara?!'
'En roze lippenstift.'
'Lippenstift?!' Ze proest het uit.
'En oorbellen! Hele grote blauwe.'
Tina's lach is aanstekelijk, helder maar met voldoende venijn om te prikkelen.
'Ik heb zin om te neuken,' fluister ik.
'Hmm.' Ik zie voor me hoe ze zich naakt in bed uitstrekt. 'Ik ook wel, geloof ik.'

De muntjes ratelen door het apparaat. Achter me staat een vent met een woeste baard. Geërgerd begint hij de hand met muntjes te schudden, als een sambabal. Hij draagt een strak, mouwloos hemd dat de slangentattoo op zijn bovenarm goed laat uitkomen. De tanden van de slang zijn in geen verhouding met de rest van het gedrocht.

'Het kan elk moment afgebroken worden. Ik moet gaan. Doe de balkondeuren op slot.'

'Maar waar ga je dan heen?' Ze probeert het te onderdrukken, maar er klinkt angst in haar stem: 'Wat doe je?'

'Maak je geen zorgen, lieverd. Ik kom terug zodra ik klaar ben. Ik wil rijden; rijden en denken. Alles komt goed. Het gaat echt heel goed met me.'

'Okay.' Snel opeenvolgende piepjes dreinen door de hoorn. 'Beloof dat je stopt als je moe wordt.'

'Ja. Geef Balthazar een dikke kus.'

De lijn valt weg.

Ik draai me om, hou de hoorn in de lucht en grijns naar de man met de baard: 'It's all yours.'

Zo stompzinnig ben ik nou: terwijl Tina achthonderd kilometer verderop doodgaat van zorgen en ik van paniek de ene voet nauwelijks voor de andere krijg, probeer ik het een getatoeëerde Neanderthaler naar de zin te maken.

Godfried kwam met een hockeytas onder zijn arm onze kamer binnen. Moeder was op haar werk – die baan waar ze elke dag zogenaamd zingend naartoe ging. Godfried knikte naar mijn ingezwachtelde handen en zei me mee te komen. We verlieten het huisje via de achterdeur. Hij haalde zijn nieuwe fiets uit de schuur, ik stapte achterop zonder iets te vragen. Aan de rand van het oude dorp staken we het spoor over, we begaven ons op vijandig terrein. Hij verstopte de fiets onder een grote vlierstruik. Met twee armen hield ik de zware tas tegen mijn borst geklemd. Hij nam hem over. 'Als er iets misgaat, wacht je hier op me.'

We slopen door het struikgewas, de takken kriebelden in mijn nek. We kropen tot we de rand van de bosschages bereikten. Door de naalden heen hadden we uitzicht op een sportveld. Er werd gevoetbald door jongens E-3 van KVVG. Mijn beulen galoppeerden in korte blauwe broeken over het hobbelige veld.

Godfried hurkte neer, trok de rits van de hockeytas open, haalde de windbuks te voorschijn en klapte die routineus open. Kalm grabbelde hij het doosje met kogeltjes uit zijn broekzak, schroefde het deksel eraf en duwde een kogeltje in de loop. Hij pakte een handdoek uit de tas, rolde die strak op en legde hem op de grond. Ik zat op mijn knieën naast hem en kon de jongens op het voetbalveld horen hijgen.

'Godfried, moeten we dit wel doen?' vroeg ik.

Hij reageerde niet. De grond begon te trillen alsof er een kudde bizons naderde. Ik keek op; een trein denderde over de spoordijk. Godfried schoof de loop van het wapen over de handdoek heen en weer, drukte de kolf tegen zijn schouder, kneep zijn linkeroog dicht, vouwde de linkerhand om de zwarte loop, de wijsvinger van zijn rechterhand om de trekker. Het lawaai van de trein werd zwaarder. Ik lag op mijn buik, steunde op mijn ellebogen en probeerde te vermijden dat de zwachtels de aarde raakten. Mijn lichaam was strak gespannen, als een muizenval die elk moment kon dichtklappen.

Godfried haalde de trekker over. *Paf.* Gerrit bevond zich op enkele meters van de middenstip, maar er gebeurde niets. Er gutste geen bloed uit zijn hoofd of uit zijn benen. Hij greep niet met twee handen naar zijn kop. Misschien had het kogeltje zich een weg in zijn hersenen gevroten en duurde het even, zou er dadelijk bloed uit zijn mond druppelen.

'Te hoog,' zei Godfried geïrriteerd. Hij sloeg de buks open en duwde er een nieuw kogeltje in.

'Wie nog meer?'

'Nummer vijf, nummer twaalf, die verdediger met dat zwarte haar.'

'Die z'n kousen optrekt?'

Dat was Kees. Hij balanceerde op één been en vormde een perfect doelwit, maar er naderde geen trein. Als je bij de overweg moest wachten, kwam er geen einde aan. Soms stond je een halfuur voor de slagboom uit je neus te eten, terwijl ze in de klas al tot God baden. De rooien gingen in de aanval en de blauwen kwamen en masse terug. Kees rende doelloos over de breedte van het veld heen en weer.

Gerrit wachtte halverwege de eigen helft tot de bal het zestienmetergebied uit zou komen. Hij steunde met beide handen op zijn bovenbenen. Godfried nam Gerrit weer in het vizier. De coach stond nauwelijks vijftien meter van ons vandaan. Ik kon de roos op zijn schouders zien liggen. 'Kom eruit! Kom eruit! Niet op een kluitje! Guido, naar voren!'

Daar klonk het verlossende gedreun van een goederentrein. Met veel gebonk en gesnerp remde het gevaarte af, voor een rood sein waarschijnlijk. Godfried haalde de trekker over.

Gerrit greep naar zijn been. Hij viel zijwaarts op het veld, als een olifant die wordt omgelegd. De trein kwam met een langgerekte piep tot stilstand. Guido had de bal naar voren getrapt en de blauwen gingen erachteraan. Niemand lette op Gerrit, die kermend op het gras lag.

Godfried keek opzij, een tevreden glimlach krulde om zijn lippen. Hij richtte zich op om de buks open te klappen en leek volkomen ontspannen, alsof we bij de Savelberg op conservenblikjes aan het oefenen waren. Zodra hij had herladen, legde hij opnieuw aan.

Kees kwam naar Gerrit toe. Zo was het altijd: waar Gerrit was, volgde Kees. Misschien was hij nog erger, de naar erkenning hunkerende sadistische adjudant. Hij stond midden in de vuurlijn. Steunend en kreunend kwam de locomotief weer in beweging.

Kees riep: 'Hé, coach! Coach!'

'Hij ook,' fluisterde ik.

Het puntje van Godfrieds tong stak uit zijn mond, tussen zijn tanden. Hij was in opperste concentratie.

Paf!

Kees stortte krijsend neer. Hij greep naar de achterkant van zijn bovenbeen. Hij bracht een hand naar zijn gezicht. Hij rolde heen en weer in het gras alsof hij in zijn kruis was getrapt. De coach draafde naar hen toe. Van alle kanten kwamen spelers aangerend.

'Wat is er aan de hand? Wat is er aan de hand?' De

coach sprak met een vaderlijke rust. Hij hurkte neer bij Kees, die gilde als een speenvarken. Ik kreeg kippenvel, van genot en van doodsangst. Daar liepen twintig jongens en een coach die Godfried nog niet had neergehaald. Zonder naar me te kijken, herlaadde Godfried. 'Je zei dat het er vijf waren.'

Nu alle jongens dichterbij kwamen – ik kon de opwinding op hun gezichten lezen –, begon de adrenaline onbeheerst door mijn aderen te kolken. Ze waren met veel te veel, veel te dichtbij. Ik durfde nauwelijks adem te halen. Zo meteen zouden ze ons zien. Ik verroerde me niet. Daar klonk het geratel van een trein.

'Godfried, we moeten weg!'

Paf.

Gerrit gilde het ditmaal uit. Zijn lichaam schokte, zijn been sloeg naar achter. Ik verbeeldde me te horen hoe het kogeltje het vlees binnendrong. De coach en een tiental jongens stonden er met hun neus bovenop.

'Er wordt geschoten!'

Twintig paar ogen speurden het struikgewas af.

'Daar! Daar!'

Vingers wezen naar ons. Ik kon niet meer denken. Iets warms liep langs mijn been. De coach, Guido en een andere jongen kwamen onze kant op. Op handen en voeten kroop ik, zo snel ik kon met de hinderlijke zwachtels, onder de struiken vandaan. Ik keek om of Godfried volgde. Hij zat op zijn hurken, laadde de buks en legde aan. *Paf!* Guido sloeg geluidloos tegen de grond.

De coach schreeuwde in onverholen paniek: 'Liggen! Iedereen liggen! Een sluipschutter!' Hij lag plat op zijn buik en sloeg met zijn hand op het veld, als om wormen te lokken. Godfried zat alweer rechtop, sloeg de loop naar beneden en stopte er een nieuw kogeltje in. Ik aarzelde. Godfried draaide zich om, gebaarde dat ik me uit de voeten moest maken. Ik tijgerde en kroop en vloog door de struiken, een hond had het niet sneller gekund.

De aftocht duurde eindeloos, een doolhof, ik vreesde de weg kwijt te zijn, in cirkels rond te draaien, maar toen zag ik licht. Het pad. Achter me klonk opnieuw een knal. Ik sleurde de fiets aan mijn ellebogen onder de struiken uit en vocht me door het hoge gras naar het fietspad omhoog. Mijn adem gierde door mijn keel. Ik stond op het fietspad, ik dacht dat ik doodging, ik dacht dat ze Godfried hadden. Ik moest terug.

Daar was hij! Het was hem gelukt. Al hollend propte hij de buks in de hockeytas en slingerde zich op het zadel. Als door de duivel op de hielen gezeten vlogen we de heuvel op.

Achter de bergen in de verte kleurt de hemel lichtblauw. Het is vijf uur in de ochtend. Het uur van de wolf. Plankgas ben ik over de Autoroute du Soleil gescheurd. Rechts onder de kronkelende weg ligt de Middellandse Zee. Verspreid over de hellingen branden lichtjes, als de fakkels van een menigte die zich nog moet verzamelen. Geconcentreerd tuur ik door de voorruit; de vierbaansweg kan onaangekondigd tegen een steile rotswand eindigen.

Al van jongs af aan voelde ik dat er thuis een taboe was. Iets waarover niet gesproken mocht worden, een geheim dat het hele gezin te gronde kon richten. En het stomme is dat ik toch alles door elkaar heb geschopt, ondanks dat besef. Alsof het zo moest zijn. Soms is het beter om niet alles te weten. Niet alles te willen weten.

Gevoel voor taboe zit er trouwens goed bij me ingeramd: wat er werkelijk toe doet – ik zou niet weten hoe ik daarover moet praten. Eigenlijk wil ik er zelfs niet aan denken. Maar het moet. Ik begin al aardig zwakzinnig te worden. Ik ben nooit goed in staat geweest tot grote gedachten, alleen maar tot gedachtetjes, het ene op gang gebracht door het andere, maar nu spint en maalt alles door mijn kop, zonder begin of einde.

Ik moet voorzichtig zijn met Tina. Ik moet zo voorzichtig zijn. Ze huilt al bij een goede reclame. Ik ben altijd bang haar te kwetsen. Hoe kan ik ooit een oprecht mens worden? Iedere werkelijke intimiteit is uitgesloten. Ik lijk niet bij machte er iets aan te veranderen. Iedereen is in de greep van een ander. Niemand is onafhankelijk.

'De bergen,' fluister ik. 'Het verlaten kustgebergte.' Schuin boven mijn hoofd klik ik het lichtje aan. In zwarte inkt staat in mijn hand geschreven: MONDELLA I – VILLA

LUCIA. Bij een tankstation bij Ventimiglia heb ik het opgezocht. Het bleek niet ver van Alassio. Ik bekijk het adres en doe het licht weer uit. Als het nog maar bestaat. Als het maar open is. Als ik me maar niet vergist heb, en eindig in zo'n zakenmannenhotel waar je de onbedwingbare drang voelt naar de receptie te bellen en te vragen of dat meisje met dat lieve gezichtje achter de balie onmiddellijk naar boven kan komen. Zo'n neukflat. Maar zo is Villa Lucia niet. Als mijn geheugen niet liegt, is het een buitenplaats, op een berg, nabij de zee, met een muur rondom de tuin; een plek om je te verbergen voor de wereld. En waarom zou mijn geheugen liegen?

De fiets smeten we achter het huisje neer; we renden naar binnen en draaiden de deur op slot. We spurtten naar de rommelzolder en trokken de vlizotrap achter ons omhoog. Aan de voor- en achterzijde was een dakraam. Onder beide plaatsten we een stoel. Buiten adem verzamelde ik vuistwapens op de tafel tussen de twee ramen: dakpannen, Dinky Toys, stalen kogels, jeu de boules-ballen, zaklantaarns, batterijen, een roestvrij stalen lamp, klokgewichten, de samowaar – alles wat de indruk wekte dat je er iemand vanuit het zolderraam mee kon verwonden. Op de tafel lag ook het opengeschroefde doosje 5,5 mm-kogeltjes en de buks, geladen, klaar voor gebruik. Het dekseltje was groen met in inktzwarte letters de magische benaming: BIMICO – DIABOLO. 500 KOGELTJES. Binnen enkele minuten zou het huis belegerd worden door een schuimbekkende menigte gewapend met bijlen, hooivorken en fakkels. Ieder namen we een raam voor onze rekening. Overgave was uitgesloten. We zouden vechten en sterven. In de verte klonk vaag het geluid van sirenes.

'Ambulances,' fluisterde Godfried.

Na een halfuur kalmeerden we wat. Godfried telde de kogeltjes. Ik klauterde heen en weer tussen voor- en achterraam. Mijn broek plakte tegen mijn huid. Er hing een enge bleke lucht boven het land.

In angstige verveling bleven we op de zolder, totdat het begon te schemeren en Godfried de buks onder zijn matras verstopte. Het voelde alsof de oorlog voorbij was, de oorlogsbijl werd begraven. Opgelucht hielp ik het matras optillen. Terwijl we zo stonden, naast elkaar, kwam de vraag ineens: 'Godfried, van de zomer, wat je toen zei: dat ik anders...'

Hij begon te lachen, sloeg een arm om me heen en pakte me stevig vast: 'Dat was een grap, dat weet je toch? Kom op.'

We gingen naar beneden, maar klapten voor de zekerheid de zoldertrap nog niet in en lieten de lampen uit. In de badkamer wasten we de aarde van onze knieën. Ik deed mijn uiterste best het zand uit de zwachtels te schrobben, maar hoe meer ik schrobde, hoe dieper het erin trok.

Moeder ontstak bij thuiskomst de lichten en sloot de gordijnen. Ik voelde me gelukzalig, eufoor. De verbondenheid lag als een warme gloed over ons. Ook aan tafel, waar we allebei zo zaten te stralen dat moeder vroeg wat er aan de hand was.

'O, niks. Gewoon een leuke dag gehad.'

'Nou dat vind ik fijn om te horen. Raken jullie eindelijk een beetje ingeburgerd.' We mochten zelfs langer opblijven. Ik herinner me die paar uren als de mooiste van mijn jeugd. Het was zo vredig zoals we daar zaten. Er waren geen woorden nodig. Zij zat op de bank en las de krant. Godfried en ik lagen op de grond vlak bij elkaar en bestudeerden de avonturen van Asterix en Obelix, Lucky Luke en Blueberry. De kachel loeide. Ooit was er wat plastic of rubber op de kachel gesmolten, zodat hij wanneer hij hoog stond een chemisch schroeiluchtje afscheidde. Zelfs die geur vond ik nu lekker, iets huiselijkers kon ik me niet voorstellen. Blauwe vlammen achter het mica. Moeder sloeg de pagina's om en liet haar blik af en toe over ons heen glijden. Vanuit mijn ooghoeken hield ik haar in de gaten. Ze leunde ontspannen met een arm op de bank, gebogen over de krantenberichten. Haar blonde haar hing los. Wat was ze mooi. We hoorden bij elkaar. Buiten was het al helemaal donker. We lazen geconcentreerd en hielden ons stil opdat zij ons en de tijd vergeten zou en deze avond nooit zou eindigen.

De telefoon ging, de harmonie verscheurend, alsof een monster uit de donkere nacht naar binnen sprong. Moeder liet hem zes keer rinkelen. Voordat ze opnam wist ik al dat het mis was.

'Ja? Ja, dat klopt. Hoezo?' Haar blik verstrakte. Ze draaide zich om en staarde naar de asgrauwe zwachtels om mijn pinken. Haar ogen waren groter dan ooit. Haar lippen spitsten zich, ze ging ons verslinden. Ze veranderde in een draak.

'Nee brigadier, zo'n ding hebben ze niet, tenminste, dat lijkt me sterk.'

De politie! We zouden in een donker betonnen gat gestopt worden, ratten die aan je tenen knaagden. Godfried had me voorgelezen uit *Papillon*, ik wist hoe gevangenissen eruitzagen, bij vloed steeg het water je tot aan de lippen.

'Heeft iemand hen daar gezien dan? Hmm. Vanmiddag zegt u? Nee, toen waren ze hier, dacht ik. Ja, thuis.'

Langzaam bewoog ze haar hoofd heen en weer. Met haar vrije hand nam ze de zware glazen asbak van het telefoontafeltje op en probeerde die te vermorzelen. Haar knokkels waren wit.

'Nee brigadier, ze liggen al in bed. Morgenochtend, maar het lijkt mij uitgesloten dat zij er iets mee te maken hebben. Zijn er bewijzen, of...? Wat was uw naam? Meierink, ik noteer het even. Met een lange of een korte ij?'

Ze zette de asbak neer en priegelde met een potlood iets op een papiertje. 'En op welk nummer kan ik u bereiken?'

Het bloed stroomde weer terug in haar hand.

'Nee, ik begrijp het volkomen. U doet uw werk. Wat een vreselijke zaak. Ik zal morgen direct mijn zoons vragen of ze wat gezien hebben. Uw suggestie is nogal boud. Ja, haha, ja, dat is zo. U hoort van mij.'

De situatie was onder controle, ze sloot het gesprek af met een vriendelijk: 'Dag, meneer Meierink.'

Mijn keel was gortdroog. Ik slikte, bang dat mijn open neergaande adamsappel me verraden zou. Ze legde de hoorn neer. Langzaam boog ze haar rechtervoet naar achteren en wipte met een hand de zwarte pump van haar tenen. Die was voor zware delicten. Zwijgend bogen we onze hoofden en lieten de armen hangen.

'Hebben jullie dát gedaan?' Haar stem was vervuld van ongeloof. Mijn ogen boorden zich in het roodbruine linoleum van de vloer. Ontkennen had geen zin.

'Naar boven jullie. Naar boven.' Ze fluisterde, kalm, angstaanjagend kalm. We durfden niet om te kijken. Achter ons klonk de onregelmatige tred van één pump en één kousenvoet, alsof kapitein Roodbaard met zijn houten poot ons volgde.

Met onze broek naar beneden getrokken moesten we op onze knieën tegen het bed gaan zitten. Het onderste bed, het mijne.

'Zijn jullie helemaal gek geworden? Jullie horen in de gevangenis!' De pump kletste neer met een klap die je tot in het grote huis, tweehonderd meter verderop, moest kunnen horen. Mijn billen brandden en ik was ervan overtuigd dat er voor de rest van mijn leven een afdruk van een schoen, maat 38, in zou staan. Moeder ramde met lange halen, alsof ze matten klopte. Tot ze uitgeput was. Toen sleurde ze ons aan onze haren, met onze broeken op de knieën, onder de koude douche. Ze zag er verwilderd en verfomfaaid uit, tranen stroomden langs haar wangen. Wij gaven geen kik.

In het licht van de eerste zonnestralen bereik ik de oprijlaan van Villa Lucia. De auto is er vanzelf naartoe gereden. Met de vlakke hand klop ik een paar maal zachtjes op het dashboard. Word ik nu al net zo bijgelovig als moeder? Behalve grijze vlekken en strepen op mijn netvlies heb ik de hele rit om de zoveel uur last gehad van een scherpe piep in mijn oren. Zodra ik mijn hand op mijn oor legde, stopte het. Tussen twee auto's op het pleintje aan de voorzijde van het huis parkeer ik.

Ik stap uit. Ik ben er. Zeker een minuut blijf ik staan en staar. Ik voel me ineens heel moe. Het huis rijst voor me op als een grote roze tompoes. De tuin met palmen en orchideeën ziet er paradijselijk uit in de ochtendzon. Naast het huis staan achteloos tafeltjes en stoeltjes door elkaar heen. Op dat terras zaten vader en moeder de eerste dagen. Ik haal een hand langs mijn kaak en voel stoppels. Traag beklim ik de trap naar de voordeur en stap een hoge ruimte van zeker tien bij tien meter binnen. De vloer is bedekt met tegels die per vier een motief van glimmende, bonte bloemen vormen. Groen, geel, blauw en zwart. De gele brachten ongeluk. Beter ook nu maar vermijden.

Een kuch. Een kogelronde man is geluidloos genaderd en knikt mij door een stel jampotglazen vriendelijk toe. Hij is in het zwart gekleed. Van onder de kin loopt zijn hoofd via enkele plooien over in de romp. Op de onderste plooi zit een donkere vlek waar een lange haar uit groeit. In een Frans-Italiaans mengelmoesje vraag ik of er een kamer vrij is. Die is er. Bien sûr. Hij overhandigt me een folder over het hotel en vraagt in het Engels of ik eerst wat wil eten. Hij gaat me voor naar de serre.

Aan een van de kleine tafeltjes zit een jonge vrouw te ontbijten. Op de stoel naast haar ligt een tennisracket.

Ik glimlach haar toe en ga twee tafeltjes verderop zitten.

Zonder van haar krant op te kijken doopt ze stukjes toast in de koffie. Ze draagt een tennis-outfit en is atletisch gebouwd. Af en toe werpt ze een verstrooide blik naar buiten, naar de witte stoeltjes en tafeltjes op het terras en naar de parkeerplaats. Daarbij glijdt haar blik telkens even over mij.

Op de Veluwe heb je met dennentakken afgedekte, dichtgetimmerde kippenhokken op poten, van waaruit je herten en korhoenderen kunt observeren. Zulke hutten zouden niet op de hei maar in de bebouwde kom moeten staan, op plekken waar je vrouwen in het wild kunt bekijken; koffie drinkend, strijkend, telefonerend, lezend. Als ze zich maar onbespied wanen, geen theater. De kale dagelijksheid.

Ik heb het koud. Ik ril zowat. Wankel ben ik, met hoog opgetrokken schouders zit ik aan het tafeltje, als een absolute vaatdoek.

Laatst was ik vroeg uit mijn werk thuisgekomen, ik wilde Tina verrassen. Ik stopte bij de bloemenman in het dorp. Terwijl ik de auto parkeerde zag ik Tina met twee tassen de Albert Heijn verlaten. Als een stille beloerde ik haar over het dashboard. Ze had een oude spijkerbroek aan, en laarsjes. De *big shoppers* puilden uit. Te voet ging ze over de bosweg richting de duinen. Lief en kwetsbaar was ze, vrouw alleen onder de grote grijze beukenbomen. Stapvoets volgde ik haar. Ze voelde het, versnelde haar pas. Ik reed naar haar toe, nam de tassen van haar over en kuste haar.

Toen ik haar daar zag lopen met die boodschappen, was het of ik naar de vrouw van een ander keek; naar een andere vrouw, alsof ik in een kijkdoos keek. Als een vreemde keek ik naar mijn eigen vrouw. God, wat hield ik van haar met die tassen vol luiers, pakken koffie, pizza's en pasta.

Ik sla de folder open en spel de summiere inhoud. In totaal zijn er acht kamers, vier in het huis en vier in de bijgebouwen. Aan een zwembad wordt gewerkt. Ik spied naar buiten; een uit de rotsen gehakte gigantische langwerpige kuil in de verste uithoek van de tuin. De dikke man brengt koffie en broodjes. Hij knikt naar het zwembad in aanbouw: 'It's too beeg. We don't want the sea, we want a swimming pool!' Met het lege dienblad begeeft hij zich naar de keuken. Ik betast het blauwe servies dat hij voor me heeft neergezet: met de hand geschilderde pauwen met grote staarten en knobbels op hun kop. Die zomer deed ons dat aan thuis denken, aan de twee pauwen in het park van Leuvenheim. Ik schenk koffie in, maar doe dat zo onvast dat een grote scheut over schotel en kleed gaat. Ik dep het met een servet.

Een afgeragde Landrover draait de parkeerplaats op. De zwartharige vrouw staat gehaast op. Ze pakt het tennisracket, werpt mij een spottende blik toe en verdwijnt door de hal naar buiten. Het rokje danst om haar heupen. Onwillekeurig buig ik voorover om haar door het raam te kunnen volgen. Ze klimt in de Landrover, die wegstuift voordat het portier is dichtgeslagen.

Ik ga naar mijn kamer, draai de deur op slot, sluit de gordijnen. In de badkamer bekijk ik mezelf in de spiegel. Ik zie eruit als een spook uit een Oost-Europese horrorfilm, bleek, met bloeddoorlopen ogen. Schokkerig trek ik alle laatjes open. Ik kijk in de ijskast en in de kasten – de vorige gasten hebben niets laten liggen, geen spoor, geen aanwijzing – en ga op mijn rug liggen, beide handen in elkaar gevouwen op mijn navel.

Als mijn voeten de donkere kloof tussen treeplank en perron overbruggen, schiet door me heen dat ik mijn kind ben vergeten, een in doeken gewikkelde baby. Zodra de trein optrekt, zal hij van de bank rollen, met zijn hoofdje tegen de vloer slaan. In paniek spring ik terug en ren door de coupés: waar is hij? Waar heb ik hem gelaten? Hij is klein, een pakketje niet groter dan een schoenendoos. Hij zit in een soort slaapzak. Alleen zijn hoofdje komt eruit. Mijn blik flitst links, rechts. Ik speur onder de banken. Misschien is hij eraf gerold. De passagiers kijken niet op van hun kranten.

Voor mij schuift de tussendeur open. Een Molukker met een spiegelende zonnebril stapt de coupé binnen. Hij ontgrendelt zijn wapen, *klak, klakklak*. Ik krijg een blinddoek voorgeknoopt. Mijn handen worden op mijn rug gebonden. Ontsnappen is onmogelijk, ik kan geen kant op. De deur naar buiten wordt geopend.

'Ik moet mijn kind zoeken,' zeg ik. Als hij weet dat ik vader ben, zal een nekschot me misschien bespaard blijven.

'Je hoeft alleen maar even buiten te staan,' zegt hij. Ik geloof hem niet. Hij zal een kogel door mijn kop schieten. Mijn hersenen zullen op de bielzen spatten.

De blinddoek wordt met een ruk naar beneden getrokken. Ik beweeg me tussen mannen in smoking en vrouwen in het lang. Er wordt champagne geschonken, Moët & Chandon. Een big band in witte smokingjasjes blaast zich op een podium in het zweet. Het koper glinstert. Ik wurm me door de mensenmassa heen. Mijn handen zijn nog steeds op mijn rug gebonden. De gasten staan in kluitjes om jonge Molukse vrijheidsstrijders heen. De Molukkers dragen spijkerbroeken met wijde pijpen en groene legerjacks. Hun Ray-Ban-zonnebrillen zijn druppelvormig, zoals prins Bernhard ze graag draagt. Ze hebben tot op de billen reikend haar. Een van hen slaat zijn jasje open en toont een wit T-shirt met Che Guevara. Om zijn schouders hangt achteloos een uzi.

De gasten, met Dominicaanse sigaar in de ene en kristallen champagneglas in de andere hand, knikken instemmend. Een vrouw in een strakke van parels geregen jurk steekt haar hand uit en streelt teder de zwarte loop van de uzi. Haar nagels zijn roze gelakt.

Achter de vleugel op het gras naast het podium zie ik Godfried en moeder. Hij heeft zijn groen fluwelen smokingjasje aan. Ik ben gered! Ik beweeg me naar hen toe. Centimeter voor centimeter vorder ik. Ze zien mij niet.

'Mammie. Mammie!' Er komt haast geen geluid.

Maar ze hoort mij en draait zich om. Ze lacht opgetogen. Ik roep in paniek: 'Ik moet mijn baby vinden!'

'Nee, maak je geen zorgen,' antwoordt moeder. 'Daar is al voor gezorgd.' Ze slaat haar armen om me heen. Godfried slaat zijn armen om ons beiden heen. Ik laat me wiegen in hun omhelzing.

Het bed kraakt. Ik draai me om, weet even niet waar ik ben. Een zoete lucht waait door de balkondeur de kamer in, de geur van lavendel. Het is vier uur in de middag. Naast me op het nachtkastje staat een bakelieten telefoon, die neem ik op mijn buik en draai het nummer.

'Met mij.'

'Hé! Waar ben je?!'

'In Villa Lucia.'

Stilte.

'Aan de Rivièra, in dat hotel waar ik met vader en moeder ben geweest destijds. Weet je wel?'

Tina zwijgt.

'Er is niks veranderd hier.'

Het blijft stil.

'Die zomer van '85, vlak nadat ze het hadden gehoord.'

'Ik dacht dat je daar zo'n nare herinnering aan had?' zegt ze wrevelig. 'Waarom heb je het niet gewoon tegen me gezegd dat je op een *sentimental journey* wilde gaan?'

'Weet je, ik twijfel gewoon aan alles en nu...'

'Begin je nou weer? Hou daarmee op! Je was er toch bij? Je hebt hem nota bene zelf het polsbandje afgedaan. Iedereen zegt dat hij op jou lijkt. Je kunt niet je godganse leven aan alles blijven twijfelen.'

'Nee. Dáár heb ik het nu niet over.'

Hoe voorzichtig ik me ook had uitgedrukt, na de bevalling was Tina overgevoelig geweest. En nog steeds. Alles maakte ik kapot met mijn goede bedoelingen.

'Je moet gewoon meer met hem doen.'

'Ik dóé toch van alles met hem?'

'Hij is net zes máánden, Octave. 's Nachts over de snelweg cruisen, daar heeft hij verdomd weinig aan. Het gaat juist om de gewone dingen: zijn badje, luiers verwisselen. Je maakt van alles zo'n show. Dan draait het toch weer om jou, niet om Balthazar, of om ons. Ik heb niet meer het idee dat we sámen zijn. Sinds Balthazar geboren is – je bent toch ook blij met hem?'

Ze zwijgt abrupt. Ik lig op mijn rug en staar naar het plafond. Vanuit de linkerhoek loopt een scheurtje naar het midden, waar aan een lange draad een lamp bungelt, de kap bezaaid met vliegenpoep.

'En met mij?'

'Luister. Ik hou van jullie als, als van niets anders – alleen heb ik nog wat uit te vechten, láát me nu.'

'Okay, maar los het op. Zo wil ik niet leven, begrijp je dat? Of we doen het samen, of ik doe het alleen...'

Haar huilbui komt op als een onweer aan het einde van een broeierige zomerdag: van het ene moment op het andere stortregent het. Ze snikt luid en met lange halen.

'Tina, toe nou, stop. Ik wil juist graag veranderen, ik wil als jij zijn – in het moment leven. Het is alsof ik altijd in het verleden leef, ik heb daar zelf ook schoon genoeg van.'

'Of in de toekomst,' zegt Tina door haar tranen heen. 'Altijd plannen, altijd weer wat anders. Je moet gewoon eens een keer tevreden zijn.'

'Ik wil het goed doen. Dáárom doe ik dit. Daarom ben ik hier. Het kan toch geen toeval zijn? Ik ben als een bezetene door de nacht gescheurd en hier uitgekomen.'

'Ja,' zegt ze met een iel stemmetje.

'Hier is toentertijd iets gebeurd, alsof je naar een kleurenfilm kijkt die ineens zwart-wit wordt.'

'Ik hou van je, Octave.'

'Na die zomer was ik geen kind meer. Het leek wel of

ik mijn onbezorgdheid kwijt was. Nooit meer spontaan geweest. Ach, ik weet het zelf niet precies. Ik heb altijd het gevoel alsof het allemaal nog beginnen moet. Dat komt mij ook mijn neus uit. Dát moet eens afgelopen zijn. Laat me maar even. Geef me een dag, twee dagen.'

In de gang stond ons schaarse bezit in koffers en kartonnen dozen gepakt. Godfried werd naar binnen geroepen. Het was enkele dagen na het schietincident. We trilden nog op onze benen. We moesten in de zitkamer komen. Moeder had thee warm gehouden in de elektrische samowaar, een huiselijk ritueel voorbehouden aan hoogtijdagen. Als ze steun nodig had, haalde ze dat stuk sentiment van zolder. Uit het plechtige gebaar waarmee ze het kraantje van de samowaar opendraaide, begreep ik dat er een ingrijpende verandering op til was.

We gingen verhuizen. Godfried en ik staarden elkaar aan; we leken los te komen van de bank. Als fakirs zweefden we tien centimeter boven de gebloemde kussens met de kopjes keurig in de hand. We gingen verhuizen! Er was een nieuw huis, in het westen. Wanneer? Vandaag. Vandaag! We konden wel dansen en hossen en zingen, maar we nipten rustig onze thee en knikten beheerst en gedwee. Godfried had zelfs nog het lef om te doen alsof hij het jammer vond. Hij is altijd een scherp onderhandelaar geweest.

'Zullen we de dozen in de auto tillen?'

'Nee, daar wordt voor gezorgd.'

We moesten afscheid gaan nemen van opi, een programmapunt dat wij met liefde hadden willen overslaan. We boden nogmaals tevergeefs onze hulp aan en gingen met lood in de schoenen richting het grote huis. Hij was naar Argentinië geweest om duiven te schieten – ze hadden er daar veel te veel van en hij was zo goed ze ervan te helpen verlossen –, maar we mochten aannemen dat hij inmiddels op de hoogte was van onze wraakactie. Hij ontving ons in zijn studeerkamer en schudde teleurgesteld zijn hoofd.

'Ik heb me vergist in jullie! Vooral in jou, Godfried. Ik dacht dat je een verstandige jongen was. Hoe haal je het in je hersens?'

Hij sprak zacht. Zijn bovenlip trilde. 'Je hebt er niets van begrepen. Helemaal niets! Je hebt als Dupont, als Styringa, een verantwoordelijkheid. Als je die niet kunt dragen, dan houdt het allemaal op.'

We lieten het over ons heen komen.

'Mijn eigen kleinzoon, dat had ik niet gedacht!' Opi staarde langdurig naar mijn drie jaar oudere broer.

Moeder kwam de studeerkamer in; of we wat kwamen drinken. Opi gebaarde mismoedig dat we maar moesten gaan en hees zich uit zijn stoel. Schoorvoetend namen we plaats in de zitkamer.

Stil, schuldbewust, dronken we de limonade en aten de cake, erop gespitst geen kruimels te laten vallen, want dan kwamen er mieren en dan moest opi ze met spiritus wegbranden. We deden ons best, de knieën bij elkaar, op het puntje van de stoel. Na een halfuur werd Godfried weer in genade aangenomen; hij kreeg een aai over zijn bol.

'Ze zijn ook veel te klein voor wapens,' zei moeder verzoenend.

Ik stond op en leunde tegen opi's stoel en wachtte tot hij ook mij over het hoofd zou strelen. Hij praatte en praatte zonder naar mij te kijken, terwijl ik aan het riet van de armleuning pulkte. Ineens keek hij me aan, alsof hij boos was.

'Wat sta je daar nou te dralen? Ga spelen, hup, weg!' Hij duwde me van zich af.

'Pappie!' riep moeder ontzet.

Ik liep naar de gedempte put voor het huis en klom erin. Even later kwam opi naar buiten en riep me. Hij liep om het huis terwijl hij mijn naam bleef herhalen. Moeder en Godfried kwamen helpen zoeken. Ik verroerde me niet. Het werd stil. Ik gluurde over de rand.

Een auto reed de oprijlaan op. Een bordeauxrode Jaguar. Vader! Het grind spleet voor hem open. Moeder en Godfried begroetten vader, opi keek verheugd toe, alsof deze hereniging zijn persoonlijke verdienste was. Ik klom uit de put en voegde me stilletjes bij hen. Vader hield Godfried voor zich in de lucht. Met zijn sterke handen tilde hij daarna mij op.

Godfried en ik namen plaats op de achterbank, in een walm van aftershave. Het begon donker te worden. Vader startte de auto, de gekleurde lampjes – rood, groen, blauw – op het notenhouten dashboard sprongen aan. Het was alsof we met z'n vieren in een ruimteschip zaten en opstegen de nacht in. Godfried staarde naar de wijzers en tellers, en doorgrondde de betekenis. Hij deelde vaders liefde voor snelle auto's. Behendig stuurde vader de grote auto met één hand overal tussendoor. Hij schakelde soepel en keek nu en dan opzij naar moeder. Voorzichtig legde hij zijn hand op haar bovenbeen, zoals vroeger. Moeder tilde de hand van haar been en deponeerde die op de versnelling.

'Wat was dat nou met die buks?' vroeg vader ineens streng.

'Laten we dat maar liever vergeten, Johan,' zei moeder snel. 'Zand erover. Een nieuw begin voor ons allemaal! Zou dat niet fijn zijn?'

Het huis was minder groot dan Leuvenheim, maar tien keer zo ruim als het huisje bij de Savelberg. Het dak was van riet. Daar zouden zeker veel vogels nestelen. Binnen was het koud. We renden van kamer naar kamer. Moeder lachte. Vader bestelde pizza's, die we zittend op verhuisdozen naar binnen werkten. Moeder keek me vol liefde in de ogen en zei: 'Je hebt zulke prachtige wimpers, Octave. Zulke prachtige lange wimpers. Net als ik.'

Tot mijn achtste had vader me iedere ochtend meegenomen voor hij naar de fabriek vertrok. Gezamenlijk voerden we de barnevelders, de leghorns en de blauwen. Hij stak zijn grote hand naar me uit. We liepen over het flagstonepad de helling af, tussen de rododendrons door. Dauw op het gras. Op weg naar de hokken passeerden we de ronde zwempoel. Er dreven bladeren en het wemelde van de kikkers en salamanders. Het zwarte water vervulde mij met diepe angst, maar aan vaders hand was ik veilig. Binnen wachtte moeder met het ontbijt.

Op Duinzigt voerde ik de kippen alleen. We deden niets meer samen, vader en ik. Soms raakte hij me nog weleens aan, streek door mijn kruinen, maar het had iets gratuits, zoals mensen die een sigaret opsteken omdat ze niet weten wat ze met hun handen moeten. Ik kreeg zelfs nauwelijks meer op mijn donder. Soms verlangde ik naar een pak slaag, naar de liefde die in zijn driftbuien school.

Meer en meer concentreerde hij zich op het bouwen van miniatuurzeilschepen, het soort waarmee de kruidnagel uit Indië werd gehaald. Als ik zijn werkkamer in kwam, trof ik hem meestal in een oude bureaustoel starend naar de hoge kont van de Batavia. Door het zwijgen voort te zetten maakte hij duidelijk dat mijn aanwezigheid ongewenst was.

Toen Godfried veertien werd, mocht hij mee met vader naar Italië, ze gingen wandelen in de bergen. Samen. Moeder troostte me en zei dat wij ook iets leuks gingen doen. In de studeerkamer hoorde ik haar op vader foeteren. Het mocht niet baten. De avond voor vertrek bracht Godfried de rugzakken naar de hal. Ze hadden stafkaarten, een kompas en een veldfles gekocht. Hij liet me vol trots het kompas zien. De wijzer beefde, ik gloeide van jaloezie.

'Kijk, dit zijn hoogtelijnen,' zei Godfried, terwijl hij de kaart uitvouwde. 'Hoe dichter ze bij elkaar staan, hoe steiler het is.'

De volgende ochtend bleef ik op mijn kamer. Godfried kwam naar boven om afscheid te nemen, hij had zijn nieuwe bergschoenen al aan. Vader riep me.

Ik stond voor het raam in mijn slaapkamer, verroerde me niet en zag ze even later wegrijden. Toen de auto de laan uit was, bleef ik nog minutenlang uit het raam naar de verlaten duinweg staren.

Vanuit de keuken riep moeder: 'Ben je daar? Ze zijn al weg. Straks gaan we gezellig naar oom Arthur en tante Ghislaine. Dat ben je niet vergeten, hè?'

Oom Arthur!

Ik ging naar beneden en sloop naar vaders werkkamer. Behoedzaam sloot ik de deur achter me en liep een rondje door de kamer. Boven vaders bureau hing een portret van de koningin, welvarend blikte ze de kamer in, een beetje alsof zij toezicht hield bij zijn afwezigheid. Op de schouw rustte de bijna voltooide Batavia. Met twee handen tilde ik het schip op de parketvloer. Wat nu? Een slagwapen. Mijn oog viel op een gietijzeren presse-papier met de naam DUPONT & CO, op het bureau. Cilindervormig, massief, een of ander machineonderdeel. Ideaal. Ik liep naar de Batavia, het gewicht in mijn hand en hurkte neer.

Op de hoge achtersteven na was het schip in doorzichtige lak gezet. De zeilen waren aan de masten bevestigd en met minuscule touwen gestreken. Een meesterwerkje van geduld en precisie. Al zijn liefde en aandacht zaten in dit schip. De romp bestond uit flinterdunne latjes, die hij dagen had geweekt om ze buigzaam te maken. De zeilen waren van katoen. In de top van de hoogste mast wapperde de driekleur.

Ik kon het niet. Ik zette de presse-papier terug op het bureau, draaide me om en knoopte mijn broek open. Voorzichtig zakte ik iets door mijn knieën en mikte op het kraaiennest boven in de middelste mast. *Bull's eye*. Als een warme moesson hoosde het op de Batavia neer. Langs de zeilen en de touwladders kletterde het naar beneden. De pis bleef staan in de naden tussen de latjes van het dek en drupte naar beneden, het middendek van het schip in en door de kanonluiken heen de parketvloer op.

Toen ik echt niks meer uit mijn blaas kon persen, ook niet door met mijn handen op mijn liezen te drukken, deed ik mijn broek dicht. Ik pakte het schip voorzichtig van de grond. Met gestrekte handen hield ik de vernederde trots van de VOC op veilige afstand en plaatste hem terug op de schouw. Alleen een onregelmatig druppen en een gelige glans op voor- en bovendek getuigden van mijn wraak. Met het vloerkleedje depte ik de parketvloer en de schouw droog.

Vanaf die zomer gingen Godfried en vader ieder jaar samen op stap. Godfried stuurde kaarten en bracht altijd een souveniertje voor mij mee, maar de lange eenzame zomers sleten een steeds diepere kloof tussen ons. Ik zag voor me hoe ze met hun rugzakken op zware bergschoenen over smalle paadjes de berg op kronkelden, op een rots tevreden uitrustten en lachend de veldfles heen en weer lieten gaan. Ik kwam er niet aan te pas.

Aan de telefoon hoorde ik het direct. Tante Ghislaine hoefde het niet eens te zeggen. 'Om halftien.' Iedere molecuul in mijn lichaam ontkende het bericht. Het kon niet. Het mocht niet. Ze had op me moeten wachten.

Binnen enkele uren was het huis volgestroomd met familie. Ze waren uit alle hoeken en gaten te voorschijn gekomen. Tante Ghislaine probeerde me er op voor te bereiden. Oom Karel was er ook. Misschien wilden we eerst naar moeder? Terwijl ik van de telefooncel naar het bankje terugliep, schoot het door me heen: ze is doodgegaan om hém. Ik had haar het laatste zetje gegeven. Ik moest zo nodig de cirkel rond maken. Niemand had me gevraagd naar die lamzak in Amsterdam te gaan. Waarom had ik het gedaan?

Ik zat op de houten bank en staarde naar de groene telefooncel die als een zojuist gelande ufo in het plantsoen voor het station stond. Het rode autootje kwam voor mijn neus tot stilstand. Celestine sprong eruit en holde naar me toe. Ze vocht tegen de tranen. Sommige vrouwen worden mooier van verdriet. Ik kuste haar op haar wang. Ze kneep in mijn pols: 'Het was zo mooi, zo vredig.'

'Geen ziekenauto's, géén gesleur?'

'Nee, niets. Zelfs Ritsema was er niet bij. Ze is gewoon ingeslapen.'

'Gelukkig.'

Ze keek om zich heen.

'Ben je alleen? Waar is...?'

'Finn? In Amsterdam gebleven.'

We stapten in.

'Wat wil je? Naar haar toe?'

Ik knikte. Ze klopte op mijn been en startte de auto. Ik legde mijn handen op het grijs uitgeslagen dashboard en tuurde over de motorkap naar de strepen op de weg die ons tegemoet vlogen.

'En Godfried, weet die het?'

'Ja, hij heeft zelfs nog kort met haar gesproken. Hij komt eraan.'

'En Skip?'

'In haar armen.'

Vossen hadden in de loop der tijd al moeders pluimvee opgevreten, alleen een klein uitgevallen krielkip hadden ze gespaard. Het beest had maar één poot, het kon niet eens op stok slapen. Het kopje zat een beetje scheef op de romp. Moeder liet haar dieren uitroeien, alleen de eenpoot sloot ze in haar hart. Het scharminkel werd in de watten gelegd. Haar mascotte, dacht ik weleens; zoals Skippy door de vossen gespaard werd, zo zou die rotziekte haar ontzien.

Achter coniferen en struiken lag een sombere bungalow verscholen, de stoep van carrara-marmer. Bij de bel stond KANTOOR. Ik belde aan. Een man in een donker pak met een das verscheen en schudde ons de hand. 'Wilt u meteen naar haar toe of wilt u eerst iets drinken? De koffie is vers gezet.'

Hij ging ons voor door een witte hal met zwarte banken en bleef een meter voor de deuropening staan als een wachter.

De kist stond op een tafel met wieltjes. Hij was gevoerd met wit satijn dat opbolde als de jurk van Marilyn Monroe. Haar hoofd werd ondersteund door een kussentje. In de hoek van de kamer brandden drie kaarsen op hoge kandelaars. Ik legde mijn hand voorzichtig op die van moeder. De mijne was veel groter. Ze pasten ook niet meer in elkaar door de kromme pink.

Even was ik bang voor iets in mezelf, als op de galerij

van een hoge flat, de zuigende kracht van de diepte. De drang in de kist te klimmen, boven op haar te gaan liggen, haar te omklemmen.

Achter me klonken Celestines voetstappen.

Ik keek naar moeders oren; wat waren ze eigenlijk groot. Er zaten enorme gaten in. Hoe kon het dat ik dat nooit gezien had? Ik boog voorover en bekeek haar nauwkeuriger. Ze was geel. Zielloos. Een mislukt wassen beeld. Zo ontzettend definitief dood.

Aan mijn zijde kwam Celestine in beweging, ze knikte nog een keer onhandig naar de kist en liep de kamer uit. Na een paar minuten schuifelde ook ik, achterwaarts, naar de deur.

Naast de bank waarop Celestine zat te wachten stond een zwart marmeren tafel met een hemelsblauwe kartonnen doos met witte tissues. Ze trok de tissues met plukken tegelijk uit de gleuf en huilde, met een schuddend hoofd, als een muisje, in stilte.

Met twee handen hield vader een grote domme barnevelder in de lucht. Vaders kippenact was het absolute hoogtepunt van onze verjaardagspartijtjes.

'Deze gaan we offeren ter ere van Octave!'

Moeder, haar armen over elkaar gevouwen, keek vanaf een afstandje toe. Ze was er niet dol op. Het was alsof de kip een gloed over zich kreeg, alsof ze werd uitgelicht door een volgspot. Het dier staarde verschrikt de wereld in. Vaders woorden waren in het kippenbrein doorgedrongen, dat was duidelijk. Geconcentreerd keek vader de kring rond en sprak de toverspreuk uit: 'Hocus-pocus pilatus pas, ik wou dat deze kip dood was.'

Dan zwaaide hij de kip in het rond en hield met zijn grote hand de kop onder de vleugel gevouwen, waardoor haar ogen en vuurrode lellen aan onze blik werden onttrokken. Huiverend en gehypnotiseerd keken wij toe.

'Nee, niet doen,' smeekten de meisjes. Voorzichtig, met twee handen, legde vader de kip op de grond. Ze bleef plat liggen. De jongens bogen zich geïnteresseerd over het ontzielde beest. Glunderend keek vader de kring rond. Hij liet de kip even op het gras liggen, gaf ons de tijd het tafereel in ons op te nemen. De spanning steeg.

'Zal ik hem weer levend maken?'

'Ja!'

Met een respect de doden waardig nam hij de kip weer op en hief haar als een hogepriester boven zijn hoofd.

'Hocus-pocus pilatus pas, ik wou dat deze kip weer levend was.'

Hij trok de kippenkop onder de vleugel vandaan, zette het dier op de grond en gaf het een fel tikje op de kont. Het beest schrok wakker uit de verdoving, uit de kippencoma, en maakte zich uit de voeten, waggelend als een dronkenman. Vader keek mij aan en knipoogde samenzweerderig. Ik straalde. Dit was ónze truc.

Zwijgend reden we over de slingerende laan door de duinen naar huis. Met een zakdoekje poetste Celestine de uitgelopen mascara weg.

'Waarom zijn ze eigenlijk ooit weggegaan van Leuvenheim?' vroeg ze terwijl we de oprijlaan op draaiden.

Ik trok mijn schouders op.

'Moeder was bang die mensen tegen te komen, in het postkantoor of bij de kapper. Volslagen onzin natuurlijk. Ik denk dat het een laatste poging was om het huwelijk te redden.

Ik parkeerde de auto naast de carport.

In vaders werkkamer brandde licht. De familie had zich rond vaders grote tafel verzameld. Ik knikte naar de kamer: 'Vaders knutselhok. Daar zat hij te zuipen. Hij zette flessen jenever en wodka tussen de peut en de thinner. De etiketten weekte hij eraf. In die zeven jaar heeft hij precies anderhalf zeilschip in elkaar geprutst. En zelfs dat eerste schip is nog altijd niet helemaal af.'

Bij de deur werden we opgewacht door oom Arthur. Celestine had de drie treden nauwelijks genomen of zij en haar vader barstten in tranen uit. Ze legde haar gezicht tegen zijn schouder. Ik klopte hem op de arm. Hij vermande zich en glimlachte door zijn tranen heen.

In de familie werd hij ook wel 'de Generaal' genoemd. Zijn opvattingen stamden nog uit de bloeitijd van de VOC, niks poldermodel. Als je met hem een glas whisky dronk, moest je niet over het Nederlandse asielbeleid beginnen maar gewoon over de fazantenjacht of, nog beter, over *the one shot antilope hunt*.

Jenny stond in de hal. Haar blauwspoeling trilde. Ze gaf me een hand: 'Gecondoleerd, Octave.'

In de werkkamer brandde de open haard, daar zaten

oom Karel, tante Claire en tante Ghislaine. Ik kuste de tantes.

'Wat verschrikkelijk voor je,' zei tante Ghislaine, met een zakdoek tegen de mond gedrukt.

Oom Karel stond op, gaf me een hand en keek over mijn schouder naar de deuropening: 'Verdomde rot, jongen.'

Ik nam plaats in de diepe stoel. De Batavia stond op de schoorsteen. Boven vaders oude bureau hing nog altijd Hare Majesteit.

'Zijn jullie alleen?' vroeg tante Claire voorzichtig. Ze liep al naar de deur en keek zo onopvallend mogelijk de hal in.

'Ja, nu tevreden?' zei ik fel. Ik schrok van mijn eigen agressie. Ineens was het doodstil. Tante Ghislaine stond op en ging rond met een schaal broodjes. Zwijgend pakte iedereen een broodje.

'Overal komen rollen wc-papier en gloeilampen te voorschijn, dozijnen lampen,' flapte ze eruit terwijl ze mij de schaal voorhield.

'De oorlog, hè?' zei ik met zachte stem. 'Moet u eens in de bezemkast in de bijkeuken kijken.'

'Octave.' Oom Karel hoestte. 'Wiens idee was het eigenlijk om die jongen hierheen te halen?'

Ik tikte op mijn borst. Ik voelde het zweet zich in mijn oksels naar buiten persen en naar beneden sijpelen.

Oom Karel bewoog zijn hoofd traag op en neer – hij dacht na – en wendde zijn blik weer naar de papieren op zijn schoot.

Ik hield het broodje als een opgerolde krant in mijn hand geklemd en kneep het langzaam fijn. Ik moest denken aan een opmerking die ik oom Karel een keer tegen vader had horen maken: 'Johan, als je ooit een paard of een hond verkoopt, informeer daarna dan nooit meer bij de nieuwe eigenaar hoe het ermee gaat.'

'Goed,' zei oom Karel, en hij wendde zich tot tante Claire, die een blocnote op schoot had liggen. 'Mevrouw Labouchere?'

'Nee, nee,' zei oom Arthur.

'Meneer en mevrouw van Everdingen?'

'Ja, lijkt me wel.'

'We moeten het boekje bij de telefoon ook even doorlopen.'

Op de grote tafel lagen stapels papier, adressenlijsten, voorbeelden van overlijdensadvertenties, een brochure van het crematorium. Ze lieten er geen gras over groeien. Oom Karel keek geen moment op van zijn papieren. Hij was hier gekomen om de zaak over te nemen. De dode was van hem. Ik legde het platgedrukte broodje op het servetje op mijn knie en haalde diep adem: 'Waarom is ze eigenlijk niet hier?'

Hij leek het niet te horen.

'Meneer en mevrouw Van Bommel?'

'Nee, die bel ik wel even.'

'Mevrouw De Monchy?'

'Ja, die heeft zoveel gedaan.'

'Waarom is ze eigenlijk niet hier?' vroeg ik nog eens, wat luider nu.

'Mevrouw De Monchy?' Oom Arthur keek me verbaasd aan.

'Nee, moeder! In haar eigen huis.'

'Dat kan nu eenmaal niet,' zei oom Karel zonder zijn bezigheden te onderbreken. 'Daar zijn regels voor.'

'Ze wilde hier zijn. Ze hoort hier!'

Hij raakte geïrriteerd: 'Luister, wij proberen dit allemaal zo goed mogelijk te regelen. Het exacte draaiboek kan pas gemaakt worden als Godfried hier is. Hij zit nu in het vliegtuig. Je vader, nou ja, die houdt zich op de achtergrond.'

Oom Arthur maakte een grimas, alsof hij de woorden probeerde te ontkrachten. 'We wilden haar niet hier laten, alleen in dit huis.'

'Jenny is er toch? En ik?' zei ik en stond op.

Ook oom Karel verhief zich, dreigend haast. 'We hebben dit overlegd.' Hij maakte een gebaar van 'en nu oplazeren'. 'Met Godfried, hij is de oudste, en...' Hij zweeg. Nu al waren de verhoudingen gaan schuiven. Het was te gruwelijk. Nooit was erover gesproken. Nooit.

'Hij heeft ons gevraagd hier de eerste zaken te regelen. En Arthur is je moeders bewindvoerder.'

Ik had eens gelezen dat er twee oerkrachten zijn: macht en liefde. De meeste mensen worden door een mengeling geleid, maar bij sommigen slaat de weegschaal naar één kant door. Nooit had ik daarvan een stuitender demonstratie gezien.

'U zit echt nergens mee, hè? Waar was u de afgelopen weken?' schreeuwde ik met overslaande stem. 'Toen ze lag te kreperen? Toen Jenny en ik niet wisten hoe ze de nachten moest doorkomen? Toen we bang waren dat ze zou stikken. Nou?! Waarom hebt u toen niets laten horen? Waar was u toen?!'

Iedereen zweeg.

'En waar is Skippy eigenlijk?'

'In het hok,' zei tante Ghislaine bedeesd. 'Ga even rustig zitten, Octave.'

Ik beende naar de deur en rukte die open. 'Ze heeft godverdomme álles gedaan om hier te kunnen blijven al die tijd. Alles. En jullie gunnen haar geen rust. Daar ligt ze in zo'n gruwelijke bungalow. Wat moet ze daar? Jullie begrijpen er helemaal niets van!' Celestine stond op en kwam achter mij aan. Briesend liep ik door de hal naar de voordeur.

De zeewind voelde koel aan op mijn wangen. Ik overzag de tuin die moeder en later Jenny met zoveel moeite hadden onderhouden. Van moeder mochten we nooit over geld praten, maar uiteindelijk draaide het daar wel allemaal om.

'Octave, toe, rustig maar. Je weet hoe hij is. Hij bedoelt het niet zo. En laten we eerlijk zijn, het was ook niet héél handig van je. Om uitgerekend vandaag die jongen te gaan halen.'

'*Die jongen* is wel háár zoon, hoor.'

'Dan heeft zij dat in ieder geval nooit zo gezien. Of willen zien. Er was hier absolute paniek.'

'Het was míjn idee. Ik vond dat je hem niet het recht kon ontnemen.'

Overal stonden vuilniszakken, de meeste dichtgeknoopt, de knoopjes waren net oortjes, tientallen stemmig donkergrijze bodybags verspreid door de tuin. Moeder had het laatste halfjaar een afkeer van dood blad ontwikkeld. Het had het werk van een conceptueel kunstenaar of voortvarende seriemoordenaar kunnen zijn.

'Weet je wat ze vannacht riep? "Waar is hij? Waar is hij? Breng hem!" Dat riep ze, in haar slaap. Ze lag te kronkelen in bed. Daarom ben ik hem gaan zoeken. Voor haar, en voor Finn, die klootzak.'

'Laten we erover ophouden. Wat jij allemaal voor haar gedaan hebt, maandenlang, dat telt.'

Ik ging naar het lege kippenhok en leunde met mijn

voorhoofd tegen het gaas. Celestine kwam naast me staan. Uit het nachthok kwam de kip aangestuiterd.

'Hé, lieve Skip.'

Skippy hinkelde over de opgedroogde modder naar me toe en schurkte haar kop tegen het gaas. Ik opende het hok, nam haar in mijn armen, en ineens moest ik huilen. Ik keek naar de krielkip en kon niet meer stoppen. Het beest had niks door. Ze scheet op mijn kleren. Het kon me niet schelen. Ik drukte mijn neus in haar veren en liet de tranen stromen.

Als ik bij oom Arthur en tante Ghislaine logeerde, lag ik een groot deel van de tijd op de grond in de kamers van mijn nichtjes en las meisjesbladen. Enkele waren in het Duits, dat waren de beste. Behalve de paardenstrips stonden er brieven in over verliefdheid, tongzoenen en tips hoe je je borsten sneller kon laten groeien. Ik was nog in het stadium dat ik dacht dat tampon en condoom verschillende benamingen voor hetzelfde ding waren. Wanneer Hermance, Celestine of Julia naderde, bladerde ik snel door naar een paardenstrip. Meestal liepen die stomme beesten een blessure op nét voor de grote wedstrijd.

Celestine kwam de kamer in. Ze ging op bed zitten met opgetrokken knieën. Ik veinsde in de viervoeters verdiept te zijn en keek pas op toen ze begon te praten.

'Vind je het interessant?'

'Gaat wel,' zei ik, en ik gooide het blad in een hoek van de kamer. De stemming in huis was landerig. Het regende al weken. Celestine ging onder de dekens liggen. Ze was de jongste van de vier kinderen, vier maanden jonger dan ik.

'Laat nog eens zien.'

Ik ging op de dekens naast haar liggen en hield mijn handen voor haar gezicht. Ze voelde aan mijn pinken.

'Zo krom als Turkse zwaarden,' zei Celestine. Dat had Godfried bedacht.

Na een tijd liet ze ze los en kwam dicht tegen me aan liggen. Ze rook naar bramen. Ze bewoog haar neus zachtjes over mijn wangen en voorhoofd. Het was alsof we uren zo lagen. De rest van de familie was uit. Ze streelde over mijn rug. 'Waarom kom je niet onder de dekens?' vroeg ze. 'Dat is lekker warm.'

Ze spreidde de deken over me heen. Ze wreef haar neus tegen de mijne: 'Zo kussen eskimo's.'

Ze perste haar borsten tegen mij aan en kwam dichterbij met haar lippen. We kusten voorzichtig. Een van mijn armen lag onder haar en werd afgekneld, de andere hield ik stijf langs mijn lichaam. Haar hand bewoog naar beneden, langs mijn navel. Ik hield mijn adem in. Ze legde de hand in mijn kruis.

Beneden hoorde ik een deur dichtslaan. Tante Ghislaines stem klonk. Ik sprong uit bed en holde naar Rogiers kamer, waar ik languit op mijn buik naast de Märklinspoorbaan ging liggen en de zware Zwitserse slaapwagons op de rails zette.

Over de gebloemde tegels van de hal van Villa Lucia loop ik naar de dubbele deuren. Vanzelfsprekend mijd ik de gele vakken. Dat is tekenend voor het soort houvast dat ik mezelf, mijn kind, mijn gezin te bieden heb. Hartelijk gefeliciteerd, Octave, je kunt het certificaat gediplomeerd infantiel bij balie dertien ophalen.

Sinds mijn kindertijd leef ik met het gevoel dat het echte leven nog moet beginnen. Zodra ik alle kleine zaken op orde heb, zal ik aan het grote, aan het wezenlijke toekomen. Dan zal ik een gepassioneerde persoon worden, een volwaardig mens. Maar nooit ben ik klaar met het ordenen van de futiliteiten. Dagenlang kan ik me bezighouden met onbenulligheden: het aanrecht schoonmaken, het hek schilderen, een baan zoeken, de administratie bijhouden – zonder aan het wezenlijke toe te komen. Zonder zelfs een notie te hebben van wat het is. Straks zal ik op mijn sterfbed liggen en beseffen dat ik mijn leven heb vergooid aan bijzaken.

Sinds ik een baan heb is dat benarde gevoel alleen maar sterker, ik ben mijn eigen nachtmerrie geworden. Als ik thuiskom pak ik direct de krant, ook al wil Tina met me praten. Ik moet dat ding lezen, ik wil verdrinken in die lappen papier. Ik trek me terug in de leren stoel bij de haard, knip het licht aan en sla de krant als een kamerscherm om me heen. Ik staar naar de letters, zonder dat de betekenis ervan tot mijn hersenen doordringt. Alsof ik op de een of andere manier van die teksten de verlossing verwacht. Vooral de familieberichten spel ik. Wie is er gestorven, wie heeft er een kind gekregen, wie zijn er getrouwd? Hoe ik dat háátte van moeder. Van elke familie in Nederland kon zij vertellen of ze netjes waren of niet. En als zij het niet wist, dan waren ze het zéker niet.

Bijna iedere nacht droom ik dezelfde droom: ik loop op straat, mannen willen met me vechten of me van een flatgebouw duwen. Als ik, in de hoek gedrongen, begin terug te slaan, blijken mijn armen van spaghetti. Wat ik ook probeer, de slagen ketsen af op mijn beulen. Altijd diezelfde droom in varianten: op het moment dat het eropaan komt, stroomt mijn kracht weg en ben ik machteloos.

Overdag ben ik gevangen in een volstrekt materiële wereld. Een slaaf. De laatste maanden ben ik alleen in de weer met geld verdienen en het vervolgens uitgeven, met het aanschaffen van gebruiksvoorwerpen of het overwegen ervan. Driekwart van de gesprekken tussen Tina en mij gaan over spullen. We communiceren alleen nog met elkaar via Balthazar, zijn kinderbedje, rammelaars, mixers, flessenwarmers. Dit is wat de meeste mensen onder geluk verstaan: voldoen aan de verwachtingen van hun ouders. Maar wie boots ik na? Naar wiens verwachtingen richt ik mijn bestaan in? Iedere dag ben ik me akelig bewust van het gebrek aan structuur in mijn leven. Moeder is er niet meer, opi ook niet en vader zit in een sanatorium in het Schwarzwald. Dat heeft oom Karel geregeld, zijn zorgzame oudere broer. Zogenaamd vanwege het hart. Niemand spreekt het uit, maar iedereen weet het: hij kan niet buiten de fles. En sinds kort heeft oom Karel er nog een zorg bij: het buiten de deur houden van Finn.

Boven aan het bordes blijf ik staan en neem de aflopende laan met vliegdennen in me op. Daaronder speelden we iedere middag, Godfried en ik. In de schaduw van de naaldbomen was het nog enigszins uit te houden. De namiddagzon strijkt door de boomtoppen. Ik daal de trap af. Bij de schommel houd ik mijn pas in. De eerste dag duwde vader ons om beurten zo hard dat de schommel, centimeter voor centimeter, piepend en krakend, als een grote spin door de tuin bewoog. De takken van de parapluboom naast de schommel hingen tot op de grond, je kon je er helemaal onder verstoppen. Spannend en intiem. Van moeder mocht het niet. Godfried beweerde dat er slangen leefden. Uren zaten we onder de boom.

Dromerig laat ik mijn hand op het ijzeren schommelbakje rusten en duw het van me af. Dan stap ik vastberaden verder. Voor me, dertig meter van het grote huis, ligt het langgerekte gebouw waar ooit de koetsen en de paarden onderdak vonden. Ik sleep een ijzeren stoel naar de rand van het betonnen terras aan de voorzijde van het koetshuis en ga zitten.

De geur van dennenhars. 's Morgens gingen we naar zee, meestal lopend, een enkele keer met de ezelwagen. Voor de lunch kwamen we terug naar het huis. 's Middags, na de siësta, hingen we rond in de tuin. De markiezin beloonde Godfried en mij met vruchten, snoepjes en muntjes voor de dennenappels die we verzamelden. We moesten achterom, het trapje op, de keuken in. De pitjes werden eruit gehaald om olie uit te persen. Onze handen en armen waren bedekt met hars.

Naast het koetshuis was een weiland met drie koeien. Als we helemaal loom en hangerig waren, gingen we steentjes gooien naar de koeien. Het weiland is verdwenen, er staan wat struiken.

Aan weerszijden van de centrale poort in het koetshuis bevinden zich tweemaal twee deuren met de cijfers: 5, 6, 7 en 8. Een van die kamers moet het zijn. Ik houd het op 6. Ik staar naar de deur en hou mijn adem in. Het houtwerk rot. Kamer 6.

De pijn in mijn lijf is gereduceerd tot een zware bol in mijn maag, alsof ik te veel kaasfondue heb gegeten. Langzaam stap ik richting nummer 6 en leg mijn hand op de deurkruk. Ik tril op mijn benen. Ineens komt er geluid uit de kamer. Twee geagiteerde stemmen. Een man en een vrouw maken ruzie. Ik deins terug en neem de benen.

Godfried zat op karate. Hij ging op zijn rug in zijn kamer liggen, zijn gestrekte benen tien centimeter boven de vloer geheven, en beval mij op zijn buik te komen staan. Voorzichtig deed ik wat mij opgedragen werd.

'Spring maar.' Hij sloot zijn ogen.

'Nee.'

'Ja! Spring maar!'

Ik sprong met kleine sprongetjes, maar onder zijn aanmoedigingen kwam ik steeds verder los van zijn navel, als een kind op een trampoline. Het waren staalkabels, zijn buikspieren.

Iedere middag oefende hij met noechakoes in de tuin. Ik had hem geholpen met de noechakoes. Iets maken met zijn handen kon hij niet. Als hij de verwarmingsketel probeerde te repareren, kon bij wijze van spreken de hele buurt ineens Italiaanse porno's op de kabel ontvangen.

Na dit alles te hebben aanschouwd: hoe hij een jaar lang thuis op zandzakken zijn traptechniek bijspijkerde en zich 's ochtends en 's avonds op zijn vuisten opdrukte, en hoe hij eens in een snackbar een volwassen man tegen de grond werkte, was ook ik rijp voor karate. Moeder vond het verschrikkelijk. Ze probeerde uit alle macht mijn aandacht op iets anders te richten. Ze was een fervent voorstandster van sport, maar dit volksvermaak vond ze geen bezigheid voor haar zonen. We mochten desnoods gaan boksen, dat was tenminste Engels. Maar Godfried wist van geen wijken, dus ik ging ook op karate.

Tweemaal per week vergezelde ik hem voortaan naar de training en net als hij oefende ik vrijwel iedere dag. Ik liep graag kata's, dat kon ik eindeloos volhouden. Het denkbeeldige gevecht met drie tegenstanders gaf me rust en zelfvertrouwen. Ik had het voordeel van langere benen, maar als het op sparren aankwam won Godfried. Hij was sterker dan ik, maar vooral verbetener. Als hij sloeg, ging hij dwars door je heen, zoals het hoort.

De wekelijkse karateles in de stad en het trappen en slaan op oude postzakken thuis waren het enige dat ons bond. Godfried was net begonnen aan zijn eindexamenjaar. Op school boezemde hij ontzag in en ik volgde in zijn *slipstream*, hoewel we elkaar daar eigenlijk nooit spraken. We groeiden meer en meer uiteen, als twee te dicht bij elkaar geplante bomen die het licht zoeken.

Op een avond fietsten we samen naar de training. We hadden net gegeten, boerenkool. De hemel kleurde rood en paars. Het begon koud te worden. We reden de stad in, door een nieuwbouwbuurt. De voortuintjes waren zonder uitzondering keurig in orde. Voor de gymzaal stond de grote Mercedes van Alfred Hatumuri, een kleine pezige man, een Molukker. Op de bestuurdersstoel lag een felgekleurd kussen dat hem in staat stelde over de motorkap heen te kijken.

Met lichte tegenzin betrad ik de kleedkamer, links en rechts groetend. Ik zocht een plek om me uit te kleden en het grote witte, schurende pak aan te trekken. De lucht van zweet en rubber maakte me altijd week. Bij het betreden van de gymzaal trapte ik met beide voeten om de beurt enkele keren hard op de houten vloer, om de tenen los te maken en goed contact met de grond te krijgen.

Iedere les volgde hetzelfde stramien. Na de warming-up, met eindeloos veel buikspieroefeningen – scharen tot je gek werd –, stelden we ons op in een lange rij in de lengte van de zaal. Alfred Hatumuri inspecteerde de rij, een gymnastiekstok in de hand. Meestal hanteerde een adjudant de stok. We hielden onze armen strak langs het lichaam en staarden naar een punt aan de overzijde van de zaal. Hatumuri liet ons om beurten uit de rij stappen en gaf met een hoofdknikje de adjudant het sein te slaan.

'Buik.'

'Armen.'

'Benen.'

De buik: tien slagen. De bovenarmen: vijf slagen links, vijf slagen rechts. Om de spieren te sterken. Dan de benen: vijf links, vijf rechts. 'Harden', dat was het motto van Hatumuri. Er was geen ontkomen aan.

Godfried was die dag de adjudant. Ze naderden langzaam de plek waar ik stond. Hatumuri met een zwarte band, Godfried met een blauwe, als twee broeders. Op bevel van Hatumuri stapte ik uit de rij, mijn armen langs mijn lichaam. Hatumuri knikte tegen Godfried en liep door naar de volgende. Ik boog me voorover en fluisterde: 'Zachtjes, de boerenkool.'

Hij kwam schuin voor me staan en legde het uiteinde van de stok op mijn buik, om te bepalen of de positie juist was. Zijn neus ging iets omhoog alsof hij vragen wilde: ben je klaar? De stok zwenkte langzaam en beheerst naar achteren, verder dan normaal. Hij haalde vol uit. Godfried sloeg me harder dan Hatumuri ooit gedaan zou hebben.

Tien doffe slagen. Bij elke slag kromp ik even in elkaar. Hoe ik mijn spieren ook spande, het voelde alsof de stok rechtstreeks op het bot ging. De bedoeling was dat je de slag incasseerde, de kin geheven, en geen krimp gaf. Ik probeerde recht voor me uit te staren, naar het klimrek. Ten slotte liet Godfried de stok zakken, zijn gezicht onbewogen.

De rieten zonwering voor de hoge ramen klappert in de zeebries. Op de tafel onder de palmen bollen de witte tafelkleden op in de wind.

De dikke man zit achter een zwaar, donker eikenhouten bureau als een of andere Afrikaanse Secretaris van Staat.

'I would like to see room six. Is that possible?'

Hij buigt voorover om de sleutel te pakken, richt zich op en slaat met een vlakke, mollige hand tegen zijn voorhoofd, een geluid alsof er een ei breekt.

'Sorry, the room is occupied.'

'I really would like to have a chance to see it. I want to come back here, eh, with my family, children...'

'You have children?'

Hij heft beide handen in de lucht, de onderkinnen kwabberen mee. De nekhaar trilt. Ik moet me beheersen hem niet vast te pakken en met een kort, gedegen rukje te ontwortelen.

'Madonna! Children, that's great! You are a father! So young and beautiful and having children!'

De dikke man laat zijn handen weer zakken. Een oudere vrouw in een eenvoudige zwarte rok komt uit een zijdeur op het geluid af. Markiezin Ragusa, eigenaresse van Villa Lucia. Haar haar is grijs geworden, maar ze draagt het nog steeds lang. Ik geef haar een hand en kijk haar doordringend aan.

'I've been here a long time ago, with my parents,' zeg ik vastberaden.

Ze bestudeert mij.

'Dupont,' zeg ik. 'Mr. and Mrs. Dupont, from Holland.'

Ze knikt en glimlacht beleefd, alsof ze het zich herinnert.

'Oh, yes, sure, very nice.'

'It was in 1985. My brother and I collected pine-cones for you.'

De dikke man valt me in de rede: 'He is a father, he has children!'

'Oh no! Really?' Ze kijkt ineens verheugd naar me op.

'I thought you were a student.' Ze is zichtbaar opgelucht dat ze zich vergist heeft. Ik blijk tot een gewaardeerd segment van de mensheid te behoren: de ouders.

'Well, to be honest, until now only one.'

'A child is a child,' zegt de man resoluut.

'Is it a boy?'

'Yes, it is.'

Het is alsof Jezus terug is op aarde. De vrouw valt bijna op haar knieën, de man straalt.

'Oh, a boy? A boy!' roepen ze in koor.

Enige en algemene kennisgeving.

*'Bebouw het land alsof je eeuwig zult leven;
leef alsof je morgen zult sterven.'*

Verdrietig delen wij mee dat, na een gelijkmoedig gedragen ziekbed, thuis is overleden mijn geliefde vrouw, onze dierbare moeder, zuster, schoonzuster en tante

**Anastasia Catharina
'Anna'
Dupont-Styringa**

25 april 1939   25 mei 1997

Baden-Baden: J.G.O. Dupont
Grand Rapids: Godfried Dupont
Amsterdam: Octave Dupont
Oldenzaal: A.F.K. Styringa
G.M. Styringa-de Moree
Hermance, Julia, Rogier en
Celestine
Bilthoven: K.W. Dupont
C.G.A. Dupont-van Groeningen
Harko

Het afscheid zal plaatsvinden vrijdag 30 mei om 13.30 uur in het crematorium Velsen te Driehuis. Na de plechtigheid is er gelegenheid tot condoleren in de condoléanceruimte van het crematorium.

U kunt persoonlijk van Anna afscheid nemen donderdag van 19.30 tot 21.30 uur op Duinzigt.

Naast mij, op de eerste rij, zaten Celestine, Hermance, Julia, Godfried, Ghislaine, Claire en Karel. Oom Arthur liep naar de katheder. Zonder op te kijken haalde hij een gekreukt A4'tje uit zijn zak. Hij droeg een jacquet met een geel pochet, moeders lievelingskleur. Hij vouwde het papiertje open, zijn handen trilden. Ieder ogenblik kon hij in een zondvloed van tranen uitbarsten.

Godfried en ik hadden in goed overleg de crematie georganiseerd. De rouwadvertentie was in haar geest opgesteld. De stoet zou van huis uit gaan. Samen met oom Arthur, Rogier, Harko en een kraai van de begrafenisonderneming hadden we de kist het huis uit gedragen. Godfried en ik liepen voorop. Ik genoot van het gewicht op mijn schouder. Ik moest door mijn knieën zakken om op gelijke hoogte te komen, ik was een kop groter dan de andere dragers. Ik was trots. Ja, het klinkt idioot, maar het was prettig de kist met moeder te tillen en voorop te lopen, zodat iedereen het kon zien. Niet dat er buiten tienduizenden toeschouwers wachtten, zoals naar haar zeggen bij grootvader Duponts begrafenis, maar er was publiek: familie, vrienden, buurtbewoners. We liepen voetje voor voetje en het kon me niet lang genoeg duren. Godfried en ik bepaalden richting en tempo. Het liefst was ik over de duinweg het hele stuk naar het crematorium gelopen. Eigenlijk was het heel makkelijk om een doodskist te dragen, erg zwaar was hij niet. En als je alles maar langzaam deed, kreeg het vanzelf een air van waardigheid.

Toen oom Arthur eindelijk zijn gezicht naar de zaal kon opheffen, zaten de eerste drie rijen al te janken. De Styringa's huilden bij het minste of geringste – als ze elkaar zagen snotteren, gingen ze om als dominostenen –, maar nu ging de hele zaal mee. Er is iets in verdriet dat om een echo smeekt. De tranen van mijn buurvrouwen deden me beseffen dat het echt waar was. Moeder was er niet meer. De laatste barrière tussen mij en de eeuwigheid was geslecht.

Omstandig streek hij het papiertje glad, totdat hij zijn emoties een beetje onder controle had. Van achter de katheder staarde oom Arthur naar de kist, die op een verhoging stond in een zee van bloemen.

'Dit schreef mijn naamgenoot, Arthur Schopenhauer: "Ik vond eens een veldbloem, bewonderde haar schoonheid, haar volmaaktheid in al haar delen en riep uit: 'Maar deze mooie bloem, met nog duizenden anderen, die hier staat te prijken, bloeit en verwelkt en wordt door niemand bekeken, dikwijls door geen oog ooit gezien!' De bloem antwoordde: 'Dwaas! Denk je dat ik bloei om gezien te worden? Ik bloei voor mijzelf en niet voor een ander; ik bloei omdat ik daar zin in heb. Dat ik bloei en besta, dat is mijn lust en plezier.' " Zo was Anna.'

Ik sloot mijn ogen. Moeder als bloem, als veldbloem? Was dat niet een beetje overdreven? Wat voor een bloem? Een droogbloem? Een orchidee? Een brandnetel? Als ze een bloem was, dan hooguit een klaproos. Nauwelijks tot bloei gekomen, of ze werd geplukt. Ik zag de blaadjes weer een voor een naar de grond dwarrelen. Moeder een klaproos. Een suïcidale bloem, die de uiterste consequentie nam als haar positie bedreigd werd. Kon een klaproos als je haar goed verzorgde een tweede keer tot bloei komen? Of was dat onmogelijk? Ik zette de stengel in een glas water en verwende haar. Ik zag de kale groene knop voor me, en ineens ontsprongen er rode puntjes aan het oppervlak. De puntjes werden knalrode blaadjes. Aan alle kanten schoten ze uit, ze groeiden naar me toe.

Toen ik mijn ogen opende, zag ik Celestine naar mij kijken en snel weer naar de kist. Mijn vuisten lagen op mijn bovenbenen. Ik liet mijn blik naar beneden glijden, naar haar benen.

Een man in jacquet opende achter in de zaal de deuren naar de gang, ten teken dat het tijd was. Traag kwam ik overeind en Celestine, die al stond, stak een arm uit. Eigenlijk hadden er op dat moment een paar straaljagers laag moeten overvliegen, als aan het begin van *The Right Stuff*. Ik boog over naar de gesloten kist, sloeg met mijn vlakke hand drie keer zachtjes op het voeteneind en fluisterde: 'Wij waren de eersten.'

Celestine glimlachte dapper. We voegden ons bij Godfried, oom Arthur en tante Ghislaine. Een stoet stemmig geklede mensen trok langs en schudde ons de hand, op hun gezichten de geijkte meewarige uitdrukking. Woorden, schouderklopjes en masserende handen in mijn nek. Een oude dame greep mijn hand vast en begon die zacht te strelen, alsof het een dwergcavia was. Nadat ze me eindelijk had losgelaten, keek ik veelbetekenend naar Celestine. Zij kneep me in mijn arm. Het was te warm in de zaal.

'Gaat het?'

Ik knikte en leunde tegen haar aan.

'Wat zei je daarnet tegen haar?'

'"Wij waren de eersten." Dat zei ze vaak. De eersten met weduwen- en wezenpensioen bedoelde ze. Moeder dacht dat die wetenschap mij voor de rest van mijn leven de stabiliteit van een Leopard-tank zou geven.'

Celestine rook lekker, naar iets zoets.

'Ga je mee naar buiten?' vroeg ik.

Gauw loop ik naar buiten, de tuin van Villa Lucia uit, de straat op. In de verte ligt de zee. Een ommuurd pad brengt me ernaartoe, eindigend in een dorre strook langs de kust. Twintig meter lager klotst de zee tegen de rotsen. In het gras sporen van auto's, hier en daar kartonnen dozen, papiertjes en plastic zakken. Een paadje leidt naar beneden, naar een rotsig, zwart strandje. Zonder me om mijn schoenen te bekommeren waad ik een eindje de zee in, steek mijn handen in het water en gooi het in mijn gezicht. Het verbaast me dat het niet brandt als zoutzuur.

Terug op de kliffen begin ik aan de terugtocht, heuvelop. Mijn voeten soppen in mijn schoenen. De helling is bezaaid met vervallen villa's. Veertien jaar geleden werd daar volop gelachen en geschreeuwd. Nu zijn de tuinen overwoekerd en de paleisjes zien eruit alsof er een stadsguerrilla is uitgevochten. Overal zijn sporen van fikkies.

In de eetzaal van een naburig buiten kijk ik door een gat in het plafond naar de hemel, stro steekt eruit. Het binnenvallende licht is oogverblindend. Achter me klinkt geritsel. In een reflex draai ik me om. Uit de hoek van de kamer schiet een schaduw weg, een blond jongetje in een korte broek. Kippenvel kruipt van mijn bilspleet omhoog naar mijn nekharen. Ik knijp mijn ogen toe om beter te kunnen focussen. Voorzichtig loop ik de gang in, kijk en luister. Niets. Het was de wind. Gehaast stap ik naar buiten. Ik begin een beetje door te draaien. Eigenlijk heb ik acht uur slaap nodig; dat is de ellende, ik heb al maanden niet genoeg geslapen. Dat breekt me nu op. Niet hyperventileren. Rustige buikademhaling, in door de neus, uit door de mond. Wat ben ik voor een dweil? Ik moet buikspieroefeningen doen. Mijn buik, dat is mijn zwakke plek, mijn achilleshiel. Bij mijn navel. Daar begint altijd alle ellende.

In mijn vlucht passeer ik een rood huis, de machtige pilaren van kalksteen aan weerszijden van de smeedijzeren toegangspoort, om de tuin een manshoge muur. Niet zo'n kunstig zelfgemetseld muurtje als bij Anouk, maar een echte muur. Ik zit gevangen. Uiteindelijk vind ik een plek waar de muur afgebrokkeld is en klim terug richting de openbare weg. Op het moment dat ik me op de grond laat zakken, wordt er achter me 'Ello!' geroepen.

De zon scheen fel, het soort weer dat bij onomkeerbare feiten past. Ik trok de jacquetjas uit, het overhemd vertoonde grote zweetplekken onder de oksels. Het gebouw lag als een enorme ridderhelm op de heuvel. Uit een van de schoorstenen kwam rook. 'Daar gaat ze,' zei ik.

Celestine pakte mijn pols: 'Kom op, lopen.'

We liepen langs graven onder oude bomen. Zij had een arm om mij heen geslagen. In het voorbijgaan probeerde ik de namen te lezen. Ik trok een rode boerenzakdoek te voorschijn en snoot mijn neus met één hand, de andere rustte op haar heup en bewoog mee met iedere stap. Zwijgend gingen we voort. Op een plek waar de helling niet te steil was, week ik van het pad af. Zij liet zich meevoeren. We zigzagden eerst tussen de graven door, daarna tussen de hoge sparren, dwars door het bos. De laagste takken van de sparren waren donkerbruin en droegen vrijwel geen naalden.

'Wat doe je nou, gek? We moeten zo terug, hoor.'

Ik klemde haar steviger tegen me aan. We konden niet verder, op vijf meter was een groen hek. Daar liet ik de jas op de grond vallen. Celestine keek naar mijn borstkas.

'Vroeger was je zo'n scharminkel.'

Ik sloeg twee armen om haar heen. Zij wikkelde de hare om mijn middel.

'Die zwembroeken, daar verzoop je echt in.'

Ik drukte haar tegen me aan, streelde haar haren. Aan de druk van de handpalmen op haar hoofd moest ze voelen dat het meer dan troosten was. De plechtigheid, de toespraken, de kist; het moest allemaal uitgewist. Zij hield haar wang tegen mijn borst.

Voorzichtig nam ik haar hand en streelde die.

Ze glimlachte en zei: 'Kom, we gaan terug.'

Ik bracht haar hand naar mijn mond.

'Hé, wat doe je nou?'

'Zo deden ze dat in het oude Rusland.'

Ik neeg voorover, kuste haar vingers, een voor een.

'Kom, doe niet zo idioot. We moeten terug, ze zullen zich afvragen waar we blijven.'

Ik antwoordde niet en hield haar vast. Mijn vrije hand gleed langs haar nek, over haar rug, over haar billen, en zonder dat ik haar aan durfde te kijken naar haar borsten.

'Nee, nee, Octave niet doen.' Maar ze deed niets om het te verhinderen. Sterker nog: ik voelde hoe ze haar bovenlichaam ietsje achterover liet hellen, zodat ik er beter bij kon. De zwarte cape die over haar schouders hing viel op de grond, tussen de bruine sparrennaalden. Met één hand begon ik haar jurk open te knopen.

Ze deinsde geschrokken achteruit. 'Nee, dit kan niet, dít kan niet!'

Ik deed een stap vooruit, mijn blik op haar borsten gefixeerd. Nu moest ik haar niet aankijken. Ze schuifelde achterwaarts, kwam tot stilstand tegen het Heras-hekwerk en liet haar verdediging varen. Ik knoopte alle vijf de parelmoeren knoopjes van het zwarte jurkje open, sloeg de panden zijwaarts en nam in iedere hand een borst.

Toen wrong ik een hand achter haar en streelde haar billen. Ze perste haar kont tegen het hek.

'Octave, nee, je moeder...'

Mijn lippen bracht ik bij de hare. 'Ze is mijn moeder niet, dat weet je. Iedereen weet het, alleen niemand is zo onbeleefd erover te reppen. Je gedragen, je bek houden, daar gaat het om. Maar moet je zien hoe ze naar me staren.'

Celestine hijgde zwaar en schudde haar hoofd, alsof ze probeerde te beletten dat er vliegen op haar gezicht landden. Ik volgde haar mond met de mijne, we schampten steeds langs elkaar. Omdat zij bleef prevelen: 'Nee, Octave, toe nou, Octave, doe niet, Octave', steeds heser, was het onvermijdelijk dat onze monden in geopende toestand contact maakten. Ze duwde haar onderlichaam krachtig tegen me aan.

'Ik ben je nichtje,' fluisterde ze nauwelijks verstaanbaar.

Ik streek de haren uit haar gezicht en keek haar aan. 'Je bent mijn nichtje níet.'

TWEEDE DEEL

'... dan komt ook een ander verhaal bij me op, waarin verteld wordt dat de enige manier om jezelf te zijn is door een ander te worden, of door je eigen koers kwijt te raken in de verhalen van een ander...'
Orhan Pamuk, *Het zwarte boek*

'Ze stapten in Assen in, zenuwachtig als de neten. Acht mannen en een meisje. Ze namen plaats op verschillende tussenbalkons, hun sporttassen op schoot; met daarin twee Landmann PR's, een uzi, een stengun, een FN-geweer, een pistool, een revolver, een alarmpistool, een neppistool, een dolk en vierhonderd kogels. Verder kranten, plakband, touw, fietskettingen, fietssloten, een radio, veel shag en sigaretten. Hun wapenspreuk luidde *Mena-Muria*, voor – achter; "wij zijn een onverbrekelijk geheel" wil dat zeggen, of: "een voor allen en allen voor een".

De man die aan de noodrem zou trekken bleek te klein. Een van de anderen moest hem helpen. Het gaf een waanzinnige knal, alsof er een waterleiding sprong. De trein kwam tot stilstand in een bocht. Iets later dan gepland. Hij stond scheef, naar het oosten hellend. In de loop van die weken was dat ellendig met slapen, op de smalle bankjes. Een van de Molukkers liep de restauratiewagen in, schoot een paar keer door het dak en schreeuwde: "Dit is een kaping! Houd u rustig en blijf op uw plaatsen."

Een paar mensen wisten zich uit de voeten te maken, de machinist onder anderen. De overige passagiers werden bij elkaar gedreven in de voorste wagons. Wie er zwak of bedreigend uitzag, moest uitstappen; iedereen die agressief of hysterisch deed, vrouwen met kinderen, ouderen, breedgeschouderde kerels, mannen met baarden of zonnebrillen.

De eerste man die ze lieten gaan, kreeg een brief mee met de eisen van de Molukkers. Hij rende naar de snelweg en hield een auto aan, die hem naar het politiebureau bracht. In zijn zenuwen liet hij de lijst in de auto liggen. Die is nooit meer boven water gekomen.

De avond valt: aan de ene kant de droplul die met lege handen in het politiebureau peentjes zit te zweten. Aan de andere kant, tien kilometer verderop, een gele trein in de weilanden met negen opgefokte jonge Molukkers erin met één wens: serieus genomen worden. Ze wachten op een reactie van de autoriteiten en lopen nerveus op en neer, zwaarbewapend, gespitst op elk geluid, iedere beweging. Maar de autoriteiten hebben hun brief niet ontvangen en weten niet waar het om gaat; wat de eisen zijn.

Dat is drama! Ik snap niet dat daar nog geen speelfilm over gemaakt is. Er zijn al meer melodrama's over de grote vaderlandse oorlog gemaakt dan er ooit verzetsstrijders in dit land waren. En dit? Ligt te gevoelig.

Moet je je voorstellen, het verhaal van een doorsnee Moluks gezin: vader heeft zich op Ambon halfdood gevochten voor de witmannen. Uit dank worden vader en moeder met hun acht kinderen naar de Drentse hei afgevoerd en in een barak gestopt. Om zijn vader te eren kaapt zoon een trein. Dat smeekt toch om verfilming? Keigoed. Een familie-epos! Het gaat daar anders toe dan bij ons – de gemeenschapszin is ijzersterk, respect voor de ouderen. Als je veertig bent, getrouwd en met een paar kinderen, dan mag je misschien eens meepraten. Die zoon wordt natuurlijk doodgeschoten en sterft in het gangpad van de niet-rokerscoupé, maar niet dan nadat hij iets roerends heeft gezegd, waardoor wij allemaal met zo'n brok in de keel in de bioscoop zitten. Die zoon is in zijn hart niet gewelddadig, maar zijn vader en moeder worden zo door de Hollanders gepiepeld dat er voor hem geen andere uitweg is. Die mensen weten nog wat eer is. Nou? Een paar van die bloedmooie zusjes, soundtrack van *Massada* eronder en *The Godfather* verbleekt erbij.'

Hij was een man van de wereld, bij hem voelde ik me een jongetje. Finn laveerde onverstoorbaar tussen de junks en de hoeren door, in zijn witte pooierpak. Zijn stem was in contrast met zijn vervaarlijke uiterlijk zacht als honing. Die eerste nacht dacht ik dat we vrienden zouden worden. Mijn broeder was hij, mijn *soulmate*. Wie kon mij beter begrijpen dan hij?

Elvis, Finns huisgenoot, had zich voorgesteld als 'de baron' en mij op sleeptouw genomen. De baron had dikke lippen en pokdalige wangen. Hij droeg een zwart Jack Daniels-T-shirt, daaroverheen een tweedjasje. Behalve een hoog voorhoofd kon ik weinig aristocratisch in hem ontdekken. Hij had Finn beschreven: 'Zo'n onderkaak, een nogal zware kop. Hij lijkt ergens op de jonge Luis Buñuel.'

We vonden Finn uiteindelijk in de Melkweg. Het liep tegen enen. Er waren Tibetaanse monniken, een stel bands en heel veel mensen. Elvis lachte triomfantelijk en wees naar de andere kant van de zaal: 'Bingo!'

Finn had een kaalgeschoren hoofd met grote ogen en een grote neus. Hij was minstens een kop kleiner dan ik. Hij wenkte me en baande zich een weg door de mensenmassa. We liepen door de hal, langs de portiers, naar buiten, de brug over. Hij leek te barsten van energie. Die blinde Dupont-energie. Bij de fietsenrekken, pal onder een lantaarnpaal, hield hij halt en nam me op, zoals een boer een koe op de veemarkt keurt. Hij stak zijn hand uit en trok mij naar zich toe, sloeg me op mijn schouder: 'Dit is te gek. Dit is te gek! Kom, we gaan. Ik heb nog een berg weed.' Onderweg spraken we nauwelijks, we keken alleen steeds naar elkaar, als een verliefd stel.

Zijn kamer keek uit op de straat. Aan de overkant van

de gracht, tegenover het smalle, gammele huis, was een sextheater dat het gebodene in lichtgevende letters aanprees als *real fuckie-fuckie*. Het rode en gele knipperende neon werd weerspiegeld in de zwarte gracht. Over de klinkers slenterden groepjes dronken, geile mannen. Meelijwekkend en bespottelijk waren ze. Als een dief liet ik mijn blik door de kamer dwalen. Nergens een foto. Aan de muur alleen het affiche van de film *Paris Texas*. Op de grond een matras, stapels cd's en een paar boeken. Finn haalde een plastic tas met weed, een blauwe multomap en enkele cd's te voorschijn.

Het souterrain was een lage ruimte, met aan de muur een paar playmates met kogelronde tieten en een affiche van Michael Jackson. Er stonden fietsen en een grote kooi met gele vogeltjes die door elkaar heen kwetterden. Valkparkieten. Ik stak een vinger door de tralies.

'Voor als er een gasaanval komt,' zei Finn. Hij hurkte neer en stopte een cd in de muziekinstallatie. Achter hem, in de keukenhoek, torenden stapels vieze borden en pannen tussen pakken melk en cornflakes. Tegenover de televisie stonden twee sjofele driezitsbanken, de ene op een stapel pallets hoger dan de andere, als een tribune. Uit de naden staken hier en daar oranje vlaggetjes.

'Eigenlijk hou ik niet van sport. Uitsloverij,' zei Finn terwijl hij een vlaggetje over zijn schouder wierp. 'Dansen en neuken, dat is genoeg. Daarmee blijf je prima *in shape*.'

Hij klom op de bovenste bank en nodigde mij uit op de andere te gaan liggen: 'Je moet me zo meteen vertellen hoe je hier komt en wat je wilt. Maar eerst naar deze cd luisteren. Ssst. Zeg niks.'

Het begon met een xylofoon. Daarna een zware mannenstem die zong, een tweede raspende stem viel in: 'This is a weeping song. A song in which to weep, while all the little children sleep.' Gitaar en bas leken de zang te willen overstemmen, maar als standvastige zeelieden zongen de mannen voort: 'Oh, father tell, why are you weeping?'

Finn staarde voor zich uit, in de verte. Hij rolde een jointje en stak het tussen zijn lippen, het bungelde onder een hoek van dertig graden uit zijn mond, zoals moeder met de Gladstones deed. De rook dwarrelde in zijn ogen, die hij tot spleetjes kneep, precies als zij. Ik dacht altijd dat zij ervan genoot haar ogen dicht te knijpen en de wereld door een smal venster te aanschouwen, alsof ze door de zichtspleet van een bunker keek.

Toen hij de muziek uitzette zei ik: 'Okay, eerlijk gezegd, weet ik niet zo bar veel. Vier maanden geleden ontdekte ik dat er iets niet klopte. Met enig geneus heb ik jouw naam achterhaald, in oude brieven. Een jaar of acht geleden hebben wij als gezin een turbulente tijd meegemaakt, dat herinner ik me nog wel. Dat kan ik nu beter plaatsen. Er waren spanningen. Het was het begin van hun huwelijkscrisis, maar ik wist van niets. Als je moeder op de pijnbank bindt, zegt ze nog niks. Vader is anders, die heeft één keer zijn mond opengetrokken, tweeënhalve maand geleden. Toen kon hij onmiddellijk zijn koffers pakken. Sindsdien heb ik hem niet meer gezien. En nu zit ik hier. Moeder is een weekje weg, ze mag het niet weten.'

'Dus je weet helemaal niks? Daar komt het op neer, toch? Niets van de voorgeschiedenis, niets van de elfde juni 1977, niks van de achtergrond.'

Ik knikte.

'Het is niet te geloven; dat je dat nu op je zestiende nog allemaal moet gaan ontdekken. Maar je boft, ik heb het tot op de bodem uitgezocht. Wil je wat drinken?'

Finn haalde een pak druivensap uit de ijskast, schonk twee glazen in en installeerde zich weer. Ik lag aan zijn voeten. Hij praatte uren achter elkaar. Mijn hart stroomde vol, het was alsof de grenzen tussen hem en mij verdwenen, alsof de wereld zich eindelijk openbaarde. Hij draaide de ene joint na de andere. Ik wou niet voor hem onderdoen, mijn verhemelte voelde aan als een oude autoband. Ik kon mijn lippen nauwelijks meer van elkaar krijgen. Maar aan mijn oren mankeerde niks. Sterker nog, hoe langer ik daar lag en hoe meer ik rookte, hoe scherper mijn gehoor werd. In de keuken liepen muizen, water stroomde door buizen, kettingen van passerende fietsen rammelden. Niets ontging mij.

'Ze hadden natuurlijk gelijk, die jongens, ze hadden helemaal gelijk. Ze zijn als honden behandeld. Wist je dat de overheid in de Molukse gemeenschap waanzinnig veel heeft geïnvesteerd om ze te laten integreren? Succes nul. En geen wonder ook. Ze waren de enige etnische minderheid die zich tegen haar wil in Nederland bevond. Dat ze hen in oude moffenkampen hebben weggestopt, Vught en Westerbork, dat kán toch niet? Die mensen hadden hun trots, ze waren bereid alles te doen voor de Nederlanders. Had ze dan opgenomen in het leger – dat waren nu de Hollandse Gurkha's geweest!'

Finn wachtte even. 'Prikkeldraad eromheen, kop koffie, gevulde koek en bek houden, dat is het Nederlandse beleid – tot op de dag van vandaag. In de kampen behielden ze de militaire structuur, die jongens werden met harde tucht opgevoed. Succesvolle immigranten gooien hun oude identiteit af en nemen de nieuwe aan. Immigranten die zich vastklampen aan het oude land redden het niet in het nieuwe. Dat is een oerwet.

Toch is het verleden natuurlijk altijd mooier. Je hebt die boertjes uit Anatolië die nu in Almelo aan de draaibank staan en denken dat je thuis op de hoogvlaktes nog altijd wordt ontmand als je naar de buurvrouw loert. Terwijl ze daarginds in de rimboe allang MTV kijken. Het verleden is een koninkrijk dat iedere werkelijkheid overtreft. Er is niets romantischer dan bannelingen, mensen op de vlucht, tussen twee werelden in. Een gemeenschappelijke droom. Dat kennen wij Hollanders niet. Er is niets dat ons nog bindt. Ja, die grijze zee hoogstens, springtij, maar dat hebben we ook al lang niet meer gehad. En als het Nederlands elftal speelt – één dag debiel doen met een oranje pruik en rood-wit-blauwe verf op je mik.

Weet je wat het eerste was dat naar de trein werd gebracht? Sigaretten! En shag natuurlijk. En Coca-Cola. Goed tegen roest en darmklachten. Kratten vol. Pas later volgden de flutdetective'jes, de doktersromannetjes, de *Asterix*'en en de *Suske en Wiske*'s. Alles van Van Veen in Assen, dat warenhuis beleefde gouden tijden. De gegijzelden mochten in het begin niet praten, wel roken. Die wagon stond vierentwintig uur per dag blauw van de rook. Dat zou je je nu niet meer kunnen voorstellen, hè? Er zou direct een of andere azijnpisser opstaan om de niet-rokers te mobiliseren. De Molukkers waren zelf zware rokers. Ook was er veel dopegebruik bij die Molukse jongens in de jaren zeventig. Volgens een vriend van Bram, een tandarts, hadden veel van die gasten alleen nog maar stompjes in hun mond – het was de tijd van de harddope, wat moesten ze ook? Ze waren aardig de hoek in geschilderd.

Maar goed, die trein. Ik ben een estheet. Zo'n gele trein op de dijk, dat is schoonheid. Ik vind het nog altijd een geniale ingeving van die jongens; daar kan geen pr-adviseur tegenop. Volgens mij is dat ook nergens anders ter wereld ooit vertoond. Ze zouden op het idee zijn gekomen door een *krimi* over een gijzeling in een metro. Ik heb uitgezocht welke film dat geweest moet zijn.'

Hij toonde triomfantelijk het blauwe ringbandje en bladerde erin: '*The Taking of Pelham One Two Three* uit 1974 van Joseph Sargent. Samenvatting: "Four ruthless terrorists take over a New York subway and hold the passengers for ransom. They threaten to shoot one each minute until a one million dollar ransom is fully paid."

Bij de eerste treinkaping, in 1975, is dat voorbeeld nauwgezet gevolgd. Eigenlijk hadden ze in 1977 iets nieuws willen doen, iets spectaculairders, een gijzeling in een televisie- of radiostudio. Ook is er een plan geweest paleis Soestdijk te bestormen en de koningin te gijzelen, maar een paar jongens werden bij toeval opgepakt met plattegronden van Soestdijk op zak. En de studio ging niet door omdat niemand zo'n gebouw vanbinnen kende. Dus bij gebrek aan beter werd het weer een trein. Een van hen had het terrein verkend, langs de rails tussen Assen en Groningen. Het open, drassige landschap was ideaal, het spoor kon van opzij niet benaderd worden door pantservoertuigen. Weilanden waar je maar keek, het eerste bos op driehonderd meter. Wil je nog een pretsigaretje?

Waar was ik? O ja, de gegijzelden. Aan boord was een jong meisje dat medicijnen studeerde. Zij ontfermde zich over de noodlijdende medereizigers. De mannen die instortten werden in de vrouwencoupé opgenomen. Er was een kunstenaar die dag en nacht zijn pyjama aanhield en zijn baard liet staan en de andere passagiers tekende. Een student met een pond kaas die zijn moeder hem had toegestopt. Een man die voortdurend zat te ruften en door de medereizigers "de percolator" werd genoemd. Een man die zich iedere dag tiptop opknapte en eruitzag alsof hij net een stapeltje schone kleren uit de kast had gepakt, een meisje wier grootmoeder Moluks was, twee zwangere vrouwen; in totaal iets minder dan zestig passagiers.

De sfeer in de trein is beschreven als die in een familiehotel op een regenachtige dag, waar iedereen binnen bleef en spelletjes deed. Er werd geschaakt, Mastermind gespeeld en vlijtig geborduurd. Ook door de kapers. Kussenslopen, RMS-vlaggen. Soms ging er een kaper door het gangpad, een Landmann om zijn nek, bedelend om ontbrekende kleurtjes.

In een *Lucky Luke* raken de Daltons onder invloed van een psycholoog verslingerd aan borduren, ken je die? *De genezing van de Daltons*, met die dikke corrupte psychiater, prof. dr. von Himbeergeist of zoiets. De kapers waren beïnvloed door Hollywood, de autoriteiten door *Lucky Luke*.

In de loop van de weken werd de trein steeds gezelliger gemaakt. Zelfs de kapers waren besmet met die Hollandse hang naar knusheid. Behalve met de borduurwerkjes en tekeningen hadden ze de coupés versierd met plaatsnaamborden. Boven de ingang van de vrouwencoupé hing de bestemming SITTARD.

Een wereld op zich, die trein in het weiland, een eigen entiteit. Waanzinnig toch? Mijn ideaal: een eigen entiteit vormen, los van de wereld. Volkomen onafhankelijk. Ik zou prima zonder mensen kunnen. Graag zelfs. Een bunker. Ja, dat zou ik het liefst hebben. Een bunker en een mecenas, eentje die je met een toelage bedeelt zonder iets terug te verlangen, zonder dat je op je knieën hoeft uit dankbaarheid.'

Uit onderzoek bleek dat intelligente mensen de bèta-kant kozen. Alfa was het terrein van halftalenten. Nou, dat wist moeder goed over te brengen. Dus koos ik voor een B-pakket. Afgezien van wiskunde II had ik een blinde vlek voor die bètavakken, maar dat deed er niet toe, met de zweep werd ik door het periodiek stelsel der elementen gejaagd. Moeder vond een gepensioneerde half-Indische ingenieur die mij een middag in de week bijles gaf.

De biologie-, schei- en natuurkundelokalen waren op de eerste verdieping. Ze lagen naast elkaar en waren groter en hoger dan de andere schoollokalen. De tafels hadden een gaskraantje waar branders op aangesloten konden worden. Je leert de natuur kennen door haar te verhitten en te kijken hoe zij reageert.

Bij biologie verdiepten we ons in de voortplanting. De vooruitstrevende lerares bezorgde ons rode wangen wanneer ze uitweidde over spermatozoïden en spermadonoren.

Het was een dinsdagmiddag. Mijn hand rook nog naar Felicia. In de pauze waren we naar het openluchttheater in de duinen gegaan en hadden ons in de souffleerkuil laten zakken – ongeveer zo groot als een telefooncel, maar stukken intiemer – en hadden het kwartier optimaal benut. Het leven zou nooit mooier worden. Felicia!

Niemand zag haar over het hoofd, klasgenoten noch leraren. Ze had een volwassen lichaam. Op donderdag, wanneer wij gymnastiekles hadden en Felicia in een krap wit T-shirt rondrende, volleybalde, honkbalde of basketbalde, was er onder de jongens vrijwel niemand absent. De gehele mannelijke bovenbouw droomde van Felicia's borsten. Ik was bang dat zij het eigenlijk op Godfried gemunt had, die inmiddels voor de bruine band op mocht. Godfried was kleiner, maar met zijn blonde lokken, krachtige kop en sterke tanden stukken knapper. Mijn neus zat wel ongeveer in het midden van mijn gezicht, maar met dat lange lichaam en dikke, opspringende donkere haar voelde ik me ongemakkelijk, een slungel. Op geen enkele manier kon ik me meten met dat blok beton dat mijn broer was. Na het kerstfeest op school waren Felicia en ik niettemin in de verwarmingskelder geëindigd.

We zaten naast elkaar in de bank, onze bovenbenen stijf tegen elkaar aan gedrukt, over een praktijkoefening gebogen. De les ging over chromosomen, erfelijkheidsleer. We deden een door Engelsma in elkaar geflanst proefje.

'Nou, welke kleur ogen heeft je moeder?' vroeg Felicia.

'Blauw.'

'En je vader?'

'Ook blauw.'

Felicia noteerde het. Ze fronste haar voorhoofd.

'Nee, dat kan niet. Denk even goed na.'

'Blauw, zeg ik toch.'

Felicia pakte mijn kin vast, draaide mijn gezicht naar het licht en keek in mijn ogen.

'Wat is er?'

Engelsma stond aan onze tafel. Ze was bang dat onze aanrakingen haar afkalvende autoriteit verder zouden aantasten en hield ons, sinds Felicia en ik naast elkaar waren gaan zitten, streng in de gaten.

'Octave beweert dat zijn ouders blauwe ogen hebben, en kijk die van hem: bruin.' Felicia draaide mijn kin naar Engelsma en zei trots glimlachend: 'Bruine ogen en blónd haar, dat was nog mooier geweest – een van de zeven schoonheden. Jammer. Heb je weleens aan een blonde spoeling gedacht?'

'Welke kleur ogen hebben je ouders?' vroeg Engelsma.

'Blauw. Die van vader rood dooraderd.'

'Kom, Octave, doe niet zo flauw. Even serieus.'

'Blauw, zeg ik toch.'

'Wreed,' zei Felicia opgewonden. Ze voelde de zondige geheimen in de lucht hangen. Ineens werd ik licht in mijn hoofd. De geluiden om me heen klonken alsof ik in een betegeld zwembad was, de woorden echoden door de ruimte, hoekig en tegelijkertijd ver weg. Ik staarde naar de ouderwetse plaat aan de muur met de vogelschedels en het lachende nijlpaard met het rotte gebit. Terwijl mijn ogen zich vasthaakten aan de donkergrijze onderkinnen van het nijlpaard, daalde de volle implicatie van dit dinsdagmiddagtestje in mij neer.

'Bruin is min of meer dominant, blauw recessief, Octave. Dat kan...' Engelsma stokte. 'Er zit vast een andere kleur doorheen. Een beetje groen of bruin? Het hoeft maar een vleugje te zijn. Soms zie je het nauwelijks. Het is niet absoluut. Het is maar een schematisch proefje hoor, om een beetje idee te krijgen. De praktijk is complexer, eigenlijk is de oogkleur afhankelijk van een groot aantal erfelijke eigenschappen,' zei ze lachend. 'Nou ja, gaan jullie maar vast door naar de volgende oefening.'

'Voor maatschappijleer had ik zo'n geitenbreier, Verdonk, sandalen, helemaal zoals je het verwacht – die had geen goed woord over voor de Molukkers, net als Bram trouwens. Hij vond het maar een matig onderwerp voor een scriptie. Juist daarom had ik er lol in om het tot de bodem uit te zoeken. Weet je wat ik als motto koos?'

Finn sloeg de multomap open: 'Ingatlah, mama tjuma satu, bini bisa berapa! Verdonk snapte daar natuurlijk de kloten van. Jammer voor hem! Dat is Maleis voor: "Vergeet niet, je kunt meerdere vrouwen hebben, maar je hebt maar één moeder." Een grapje voor ingewijden. Maar goed, allereerst ging ik naar het Moluks Historisch Museum. Een groot, koloniaal gebouw in Utrecht, zo een waar gewoonlijk banken in huizen. Misschien was dat gebouw wel het enige tastbare resultaat van de treinkapingen. De man met wie ik een afspraak had leek een beetje op een grote donkere teddybeer.

"Allemaal?" vroeg hij: "Het consulaat, de school, het provinciehuis, de treinen?"

"Alleen de treinen, de trein bij De Punt."

Of er een logica achter zat, begrijp je, een systeem. Dat wilde ik weten. Waarom díé trein, díé dag, dát uur. En ook wat er daarna gebeurde, die ochtend van de beëindiging, met de gegijzelden, de gewonden. Dat is waar ik naar zocht. Er is een tijd geweest dat ik ervan overtuigd was dat de wereld door een handvol machtige mannen werd geleid, die achter de schermen overlegden waar ze oorlog gingen voeren, waar hongersnood zou heersen en waar de epidemieën maar eens bestreden moesten worden. Nu weet ik zo langzamerhand wel dat het gewoon totale willekeur is. Ik bedoel, iedereen doet wat hij kan, harkt zijn tuintje aan of brengt een legertje op de been, maar uiteindelijk blijft het een puinhoop. Er zijn miljarden manieren om de chaos te bestrijden: je te pletter werken, in het hiernamaals geloven, elke zaterdag je auto in de was zetten, geloven in de dierenriemtekens, bij volle maan naakt in een zweethut zitten, wat dan ook. We willen graag dat het een groot geheel is. Het liefst met orde en *betekenis*.

Die man kwam terug met een stel ordners met kranten erin en wat boeken. Hij pakte een boek dat bovenop lag, sloeg het voorzichtig open en liet me de titelpagina zien. Het was een fragment van een brief van de enige vrouwelijke gijzelnemer. Een tandartsassistente, negentien jaar oud. Bij de bevrijding van de trein is ze met kogels doorzeefd. Het was een brief aan haar ouders die ze had gepost voordat ze naar het station van Assen ging, waar ze met haar makkers in de ochtendtrein stapte.

> Ik vraag u, papa en mama, vergeef mijn vele fouten en daden die ik jegens papa en mama heb begaan. Als ik doodgeschoten word, dan is dat niet erg, omdat het niet voor niets gedaan wordt. Met een doel dat niet zinloos is. Als ik word doodgeschoten, of de andere jongens, dan zullen onze vrienden verder voortgaan. Ik vraag u, papa en mama, om voor ons te bidden. Al heb ik nog zoveel fouten begaan tegen papa en mama, laat mij niet in de steek. Hier wil ik mijn brief beëindigen met de woorden die eerlijk uit mijn hart komen.
>
> Ik weet, alhoewel onze weg erg lang zal zijn en moeilijk om onze vrijheid te verkrijgen, toch zullen we met Gods hulp dit eens bereiken. Ik wil hiermee zeggen dat

wij met Gods wil elkaar weer zullen ontmoeten. Misschien niet hier, maar op een andere plaats. Dat leg ik in Gods handen.

Ik kreeg een heel pak materiaal over de kaping bij De Punt mee. Dat er zoveel bestond! Er zat natuurlijk onleesbare politieke shit tussen; *Republik Maluku Selatan*, *Note of a protest* en zo. De kranten van 11, 12, 13 en 14 juni zaten erbij, met koppen als: "Gegijzelden bevrijd!", "Verrassingsaanval van mariniers", "Kruitdamp trok door treincoupé", "Unaniem lof voor ingrijpen regering". Er was een artikeltje over het treinstel zelf, in van die ambtenarentaal. Hier: "Hoewel zwaar gehavend is het treinstel 747 voor de Nederlandse Spoorwegen niet verloren. De plaatstaal doorborende munitie, die in grote hoeveelheden is gebruikt, heeft van het bestuurderscompartiment in de kaperstrein weliswaar weinig heel gelaten, maar een eerste onderzoek heeft uitgewezen dat alles gerepareerd kan worden." Dat alles gerepareerd kan worden! Was dat maar zo. Was het maar zo eenvoudig.

Wist je dat de Molukkers in Nederlands-Indië *anak mas* genoemd werden? "Gouden kinderen", de bevoorrechten. Ze gingen door het vuur voor de Hollanders. Er is een verhaal over een Ambonese sergeant. In die tijd werden de Molukkers nog Ambonezen genoemd. In de Tweede Wereldoorlog tijdens de bezetting werd die man door de Japanners voor de keus gesteld: de rood-wit-blauwe vlag bespuwen, of sterven.

Hij liet zich onthoofden.'

Na het laatste lesuur verlieten Felicia en ik het schoolgebouw. We verscholen ons in De Ronde Hoek. We zaten naast elkaar aan de bar. Het was donker in het café. Het was weleens door mijn hoofd geschoten dat vader mijn vader niet was. Eén keer was ik de badkamer binnengekomen terwijl hij uit bad stapte. Zijn schouders en borst waren rond, zijn compacte lichaam leek uit kaarsvet gekneed. Zijn piemel zag eruit als het verschrompelde slurfje van een olifant. Snel deed ik de deur dicht. Ik had wel gefantaseerd dat ik geadopteerd was. De verschillen tussen mij en Godfried waren evident. De hele familie was blond. Met veel goede wil kon je mijn haar donkerblond noemen, maar het was bruin. En dan die huid vol pigment, 's winters zag je er niets aan, maar zodra de zon scheen, verkleurde ik, alsof ik met waarheidsserum was ingesmeerd. De rest van de familie vervelde als een stel salamanders als ze geen sun-block gebruikten en malle hoedjes opzetten, terwijl ik egaal karamelbruin werd. Na een paar dagen zon verschilden Godfried en ik van elkaar als Sjors en Sjimmie. Nooit iemand die zei: 'Ah, dat is zeker je broer.'

Nu en dan was ik me kortstondig bewust van de verschillen, als een vriendin van moeder met een ondeugend glimlachje haar blik over me liet gaan wanneer ik met de zoutjes rondging. Ongeveer zoals ik er soms aan dacht dat ik dood zou gaan en dat de wereld verder zou draaien zonder mij; dat de aarde een klont metalen en mineralen was die door een immense ruimte zweefde; dat er een dampkring om de aarde hing en als die het per ongeluk liet afweten auto's, postkantoren en biologielessen niet meer nodig waren. Gedachten die te groot waren en die ik maar liever van me af duwde.

De kwestie bij moeder te berde brengen was geen optie. Haar antwoord stond bij voorbaat vast: 'Octave, je bént een Dupont.'

Ze was formeel, maar ook weer niet. Ze kon afstandelijk en kil zijn, en tegelijk ging ze voor me door het vuur. Zoals vrijwel de hele oorlogsgeneratie, waartoe ik iedereen reken die de oorlog heeft meegemaakt, hoe klein ook, had ze het motto: niet lullen maar poetsen.

Over problemen praten déed je niet.

Tot dan toe had ik mijn twijfels met niemand gedeeld. Het luchtte op met Felicia te praten, en het bracht ons dichter bij elkaar. Hoewel ze er nooit iets over zei, wist ik dat ze zich bij ons thuis geïntimideerd voelde. Ze was meestal niet op haar mondje gevallen, maar in aanwezigheid van moeder werd ze stil.

Felicia dook op mijn zaak als een privédetective, ze wentelde zich erin als in een warm bad: 'Vaak, hè, juist in die zogenaamd betere milieus. Hoe bekakter, hoe achterbakser. De moeder van Martijn toch ook – met twee tuinmannen!'

Rusteloos sprong ik telkens van de barkruk en liep rondjes om het biljart. Die middag beleefde ik een moment van inzicht. In één klap werd alles duidelijk: waarom vader me negeerde, waarom hun huwelijk zo beroerd was, waarom ik me vaak buitengesloten voelde, waarom Godfried afstandelijk deed. Alles viel op zijn plaats. Het was allemaal zo eenvoudig. Het jaar voor mijn geboorte was moeder met een vriendin naar Tunesië geweest, om te golfen. Op de foto's stonden ze lachend in korte broek en wit poloshirt, een golfclub in de hand, met achter hen het zandkleurige hotelcomplex. Twee vrouwen ver van huis. Moeder zag er vrolijk en onbezorgd uit. Op sommige foto's werden ze vergezeld door een knappe Tunesiër. Hij had een verweerde kop en doordringende bruine ogen. Over zijn schouder hing een fleurige golftas. Was ik verwekt tussen de struiken op een dorre par 4? Was ik de zoon van een Tunesische tassendrager? Ik zou mijn echte vader gaan opzoeken. Dat was natuurlijk een held. Een nieuwe dimensie zou me spoedig geopenbaard worden.

Op de fiets naar huis werd ik allengs zenuwachtiger. Angst nestelde zich in me. Ineens wist ik het niet meer zo zeker. Er was niemand thuis. Het begon te schemeren. Zonder de lampen aan te steken ging ik naar de zitkamer, naar de la met fotoalbums, zocht net zolang tot ik het album had gevonden en scheurde er een foto uit van de lachende tassendrager.

Naast de deur hing een spiegel waarvoor moeder gewoonlijk haar haren ordende voor ze de hal in liep. Ik staarde in de spiegel en hield de foto naast mijn gezicht. Zijn schouders neigden naar voren als de mijne. Mijn neus was ook een beetje hoekig. Dezelfde bruine ogen. Het donkere, woestijnbestendige haar. Het kon niet missen. Ik was de zoon van een Tunesische caddy.

Beneden in de kamer, met de deur naar de hal wijdopen, wachtte ik tot moeder thuis zou komen. Eerst klemde ik de foto in mijn hand, maar na een tijdje legde ik hem onder mijn kont, op de zitting van de stoel.

'De tactiek van de politiepsycholoog was de kapers zoveel mogelijk bij alles te laten wachten, consequent, of het nou ging om eten, dekens of een veldtelefoon. Ze moesten voelen dat zíj het waren die in een afhankelijke positie zaten. Zo'n onderhandelaar moet het gesprek gaande houden en streng zijn zonder de zaak te laten escaleren. Ieder mens, hoe bezeten of vervaarlijk ook, heeft behoefte aan liefde en aandacht. De onderhandelaar moet de kaper het idee geven dat er gehoor is voor zijn problemen, maar zonder hem naar de mond te praten.

Een Molukker die ik hier in de West Pacific heb leren kennen – eigenlijk een groepje waarmee ik vriendschap heb gesloten, heel trotse jongens, ze noemen me een *ptata belanda*, een bleke aardappel, en weet je hoe ze hun blanke vriendinnen noemen? *Kelintje putih*, wit konijn – die jongen meent dat het overleg tussen de Nederlanders en de Molukkers vooral gefrustreerd werd door een gemeenschappelijke karaktertrek: koppigheid. De Molukse uitdrukking daarvoor is *kepala batu*, stenen hoofd. Die jongen was in de buik van zijn moeder van Ambon naar Nederland gekomen en in kamp Schattenberg geboren. Hij is opgevoed met de gedachte dat een vrij Ambon het paradijs op aarde was. Als kind had hij de idealen en dromen van zijn ouders door al zijn poriën opgezogen. Hij stond met het ene been hier, het andere daar, in een soort spagaat. Kortgeleden was hij voor het eerst naar de Molukken geweest. Daar besefte hij dat hij duizendmaal westerser was dan hij had vermoed. Hij kwam in een vreemd universum terecht.

Molukse ouders kunnen, als het kind de familie te schande maakt of breekt met de Molukse adatregels, alle banden met hun kind verbreken. Bijvoorbeeld als een kind wil trouwen met iemand uit dezelfde *pela* – het bondgenootschap tussen verschillende dorpen. Dat is heel krachtig. Een huwelijk tussen *pela*-verbondenen wordt als bloedschande beschouwd. Dat is net zo'n taboe als bij ons het trouwen met je eigen familie. Als de breuk niet wordt hersteld vóór de dood van de ouders, zijn de gevolgen geheel voor rekening van het kind. De straf van de voorouders zal over hem komen.

Alle treinkapers waren in hetzelfde kamp geboren als die jongen. Schattenberg – het waren allemaal schatjes. Het was Spartaans, maar tegelijk heel beschermd. Dat kamp is met de grond gelijkgemaakt. Er is nu een sterrenwacht, met van die grote telescopen. Als prehistorische monsters steken ze boven de bomen uit. Het is er doodstil, afgezien van het piepen en suizen van de radiotelescopen. En af en toe hoor je in de verte de treinen tussen Zwolle en Groningen over het spoor ratelen.

Weet je wat de definitie van een kosmopoliet is? Iemand die de wereld als zijn vaderland beschouwt, zonder nationale bekrompenheid of voorliefde. Een kosmopoliet is een balling die zijn ogen opslaat naar de hemel, naar de sterren in plaats van de aarde, en beseft dat de kosmos zijn thuisland is.

De Molukkers identificeerden zich meer met het koningshuis en het vaderland dan welke Nederlander ook. Ze lieten zich ervoor onthoofden! De Molukkers bleven trouw aan hun waarden en normen. Hun onversneden loyaliteit werd hun ondergang. Loyaliteit kan je blind maken, kan je nekken.'

Finn inhaleerde diep.

'Bij De Punt waren iets van duizend vrijwilligers van

het Rode Kruis. Types die bij de padvinderij, de politie en de vrijwillige brandweer waren afgewezen. Die liepen daar een partij te soppen, dat ze bij een echte ramp waren! Meestal mochten ze alleen maar blaren prikken bij de avondvierdaagse. Hun grootste prestatie was dat ze toestemming kregen voor het transport van een paar duizend pallets om de weilanden van het rampgebied mee te beleggen, zodat het leger vrijwilligers geen natte voeten kreeg. Verder waren ze in de weer met het ontstoppen van chemische toiletten en koffie zetten voor elkaar.

Bij de eerste treinkaping was er een ruimte ingericht voor de opvang van de gegijzelden. Waar is die foto? Hier.'

Finn reikte me de opengeslagen multomap aan. Een krantenfoto toonde een gymzaal. In de verste hoek stonden vijf caravans tegen de wandrekken aan geparkeerd. Boven de middelste hing een basketbalboard. Op de voorgrond stonden tafeltjes bedekt met geruite kleedjes, omringd door plastic kuipstoeltjes. Per tafel vijf asbakken. Alleen al dat aantal dateerde de foto. 'In een grote hal is het herenigingscentrum ingericht. De spoorwegen hebben er caravans neergezet en de vensters zijn met plastic afgedekt om nieuwsgierige blikken buiten te houden.'

'Goed hè, die afwerkplekken? Hadden ze het in '77 maar zo aangepakt, hadden ze al die gegijzelden maar weer in een gymzaal opgevangen, dan hadden wij hier nu niet zo verknipt gezeten.'

'Zei ze dat?' Moeders gezicht verstrakte. 'En?' In haar stem klonk dreiging. Ze stond op en ging weer zitten. Haar ogen boorden zich in de puree; ze dacht na. Ze reikte naar een citroen en kneep die uit over de kip.

'Trouwens, je vaders ogen zijn niet honderd procent blauw. Wat weet zo'n mens nu helemaal.'

Ik kreeg geen hap door mijn keel. Ik zat boven op de foto. Als zij waagde het te ontkennen, zou ik 'm pakken. Ik keek naar het monogram op het servet naast mijn bord: DS. Dupont-Styringa. Moeder legde haar servet op tafel, liep naar me toe en bracht haar gezicht naar het mijne. Ze snoof.

'Heb je soms gedronken, Octave?'

'Eh, ja.'

'Wat?'

'Gewoon, een paar biertjes.'

'Gewoon? Vind je dat gewoon? Overdag? Door de week? Hoe oud ben je nu? Zestien!' Ze keerde naar haar stoel terug. Haar passen waren een beetje stram. 'De appel valt niet ver van de boom, zeg.'

Ik leunde voorover en greep naar de foto onder mijn kont. Hij was door de lichaamswarmte aan de stoel vastgeplakt.

'Hier, hier!' riep ik. 'Bedoel je deze boom?' Ik duwde de foto onder haar neus. Ze nam hem in haar handen.

'Wie is dit?' vroeg ze bevreemd.

'Denk je soms dat ik gek ben? Dat is mijn vader!'

Ze staarde naar de foto en begon te lachen. Haar gezicht werd knalrood, tranen stroomden langs haar wangen. Ze kon niet meer stoppen. Haar romp klapte negentig graden naar voren, alsof ze een lappenpop was. Ze greep zich vast aan de keukentafel. Zo moest iemand eruitzien die een hartaanval krijgt. Haar huid leek doorschijnend, ik kon bloedvaten zien. Met twee handen hield ze haar buik vast.

Het duurde een tijd voordat ze bedaarde. Ik stond op, liep naar de gootsteen en gaf haar een glas water. Ze wees op de foto en zei hortend: 'Dat. Is in Tunesië. Met Elisabeth.'

Ze schokte nog wat na, moest diep ademhalen.

'Wie is die vent?'

'Een caddy! Een *local*.'

'Nog één keer, moeder. Is dat mijn vader, ja of nee?'

'Doe niet zo idioot! Die vent sprak misschien vijf woorden Frans.'

Even was ik uit het veld geslagen. Met een servet veegde ze de tranen van haar wangen.

'Wie is dan mijn vader?'

Ze liep naar de ijskast, snuffelde erin, sloot de deur zorgvuldig. Ze doorzocht een keukenkastje. Een pak rijst kieperde in de gootsteen. Ze liet het liggen en maakte het volgende kastje open. Als een robot liep ze naar het doorgeefluik waar de drank stond. Ze schonk een glas Baileys in en nam een slok. Met veel gevoel voor drama draaide ze zich om.

'Dit soort brutaliteiten tolereer ik niet.' Haar stem was breekbaar. Ze liep om de tafel heen, schoof de stoel naar achteren en ging voorzichtig zitten.

'Ik wil je niet kwetsen, maar ik heb recht op de waarheid,' zei ik zacht. Ik klonk als een tweederangs acteur in een melodrama.

Na een tijdje in het glas getuurd te hebben keek ze op. 'Weet je dat jij toen je twee was een gemene longontsteking hebt gehad? Je was doodziek, wekenlang. Je balanceerde op het randje. Al die tijd lag je in het ziekenhuis. Toen heb je een stuip gehad. Een koortsstuip.

Ik was alleen met je in die rotziekenhuiskamer. Je schokte over je hele lichaam, je was totaal verkrampt. Het duurde en duurde. Je mond hing wijd open. Je ogen puilden uit hun kassen. Er kwam niemand te hulp. Ik tilde je uit bed en hield je tegen me aan. Ik wist niet wat ik doen moest, dacht dat ik gek werd. Ik stond te gillen.'

'Nou, en?' Het kwam er harder uit dan ik wilde.

'Toen, na een paar minuten, viel je in een comateuze slaap. Daarna heb ik je nooit meer alleen gelaten als je maar ietsje verhoging had. Het kon terugkomen. Ik heb je nooit meer alleen gelaten.' Ze lichtte een grijze lok op, legde een hand naast haar oor en glimlachte liefdevol: 'Hier ben ik die dag van het ene op het andere moment grijs geworden.'

'Wist je dat de twee dochters van Ulrike Meinhof ook een tijd in Italië ondergedoken hebben gezeten? In de kofferbak werden die kinderen Duitsland uit gesmokkeld. Bij de Baader-Meinhofgroep heerste de opvatting dat het burgerlijk, kapitalistisch was om zelf voor je kinderen te zorgen. In hun optiek hebben wij een voorbeeldopvoeding genoten. Ulrike Meinhof zou wel enthousiast zijn geweest over ons als experiment. Hoewel jij, Octave Dupont, ondanks alle moeite, toch tamelijk burgerlijk-kapitalistisch overkomt, jammer is dat, beetje ondankbaar eigenlijk.

Er is een documentaire over de Molukse kapingen, die moet je eens bekijken. Er wordt een andere planeet, een ander tijdperk getoond; van die ouderwetse auto's, Simca's, Renault 4'tjes, Ford Taunussen. De auto's hadden ook allemaal felle kleuren, brandweerrood, kanariegeel, grasgroen, niet dat laffe metallic, wit, koningsblauw en zilver van nu. Politie in Kevers en Volkswagenbusjes, rechercheurs in bontgekleurde overhemden met grote boorden en wijde broeken. De Molukkers met zúlke bossen haar, als de Jackson Five, met zonnebrillen op. Ze zagen er piekfijn uit, daarom stonden ze bekend, ze wilden goed voor de dag komen voor *the chicks*. Radicalisme en erotiek waren onafscheidelijk. Jonge Molukkers maakten de grap dat BMW stond voor Beste Molukse Wagen. Carlos Santana en Jimi Hendrix waren hun muzikale helden en Rudy de Queljoe van Brainbox, die de pijn en het heimwee in het instrumentale "Mobilae" liet weerklinken.

Rare tijd hoor. De hitlijsten werden gedomineerd door de shit van de George Baker Selection, Boney M en ABBA, terwijl er tegelijkertijd overal guerrilla woedde. In alle jongenskamers hingen posters van Che Guevara. Zeg nou zelf, als je moet kiezen tussen Boney M en de Baader-Meinhofgroep, dan is de keuze snel gemaakt, toch? En ik heb echt niks tegen negers.

Ieder land had zijn eigen guerrilla; Duitsland de Baader-Meinhofgroep, die zich later de Rote Armee Fraktion noemde, Spanje de ETA, Italië de Brigate Rosse, Engeland de *good old* IRA, zelfs Tirol had een guerrilla. Tirol! Dan denk je toch aan koekoeksklokken, Lederhosen en waldhoorns? Waanzinnige tijd. In heel Europa werden burgeroorlogjes uitgevochten. Guerrilla was in. Guerrilla was hip. De guerrilla-look! Camouflagejacks, groene legerpukkels, kistjes, kaki legershirts, alles uit de dump. Zoals jij er nu uitziet. Je bent wel een beetje retro, hè?

Die guerrillaromantiek uit de jaren zeventig was een laatste oprisping van de Tweede Wereldoorlog. Zoals je een tijd nadat je stevig gedineerd hebt nog een boer laat. Kijk maar welke landen de meest fervente volksguerrilla bezaten. Nou? De Rote Armee Fraktion, Het Japanse Rode Leger en de Brigate Rosse? De asmogendheden! Zonen die in opstand kwamen tegen hun fascistoïde vaders. Vadermoord.

Die jonge Molukkers handelden wel in het verlengde van hun vaders, maar de aanpak, het rebelleren tegen de oude meester, stond daar haaks op. Hun vaders dachten dat ze na hun aankomst in 1951 spoedig terug verscheept zouden worden naar Ambon. Maar hier kregen ze te horen dat ze als militair waren ontslagen. De Nederlandse regering hield ze feitelijk in gijzeling, vrij letterlijk zelfs; ze zaten achter prikkeldraad. De kinderen, de jonge Molukkers, waren op hun beurt weer gegijzelden van de ouders met hun strenge normen en waarden. In die hele kaping is een soort Droste-effect zichtbaar: de regering gijzelt de

Molukkers, de Molukkers gijzelen hun kinderen, de kinderen gijzelen een trein met willekeurige Nederlanders, en ten slotte jij en ik – levenslang gegijzeld.

Trouwens, laten we eerlijk zijn, alle ouders gijzelen hun kinderen. Vooral moeders hun zonen; zoonlief levert zijn onafhankelijkheid in en krijgt er onvoorwaardelijke moederliefde voor terug. Maar goed, de hamvraag is: wie gaan wij gijzelen? Wie kúnnen wij gijzelen?

Een vrouw en wat kinderen, inderdaad. Maar dat is zo armetierig, die reeks moet maar eens doorbroken worden. Gevangene zijn van een groep – dat te vermijden, daar gaat het om. Werkelijk onafhankelijk te zijn. Jij en ik hebben een goed uitgangspunt, we zijn ballingen, altijd tussen twee werelden in. Wij zijn voorbestemd tot kosmopoliet.

Het mooie is dat tussen de partijen van gegijzelden en gijzelnemers over en weer een vorm van identificatie optreedt: kapers en gegijzelden gaan om elkaar geven. Het Stockholm-syndroom, vernoemd naar de affaire van een Zweedse caissière. In 1974 liep in Stockholm een bankoverval uit de hand, de overvallers gijzelden een aantal mensen, de caissière werd verliefd, liet haar vriend in de steek en trouwde met de bankovervaller.

Niet dat de treinreizigers direct tot over hun oren waren op de Molukkers, maar een zekere mate van begrip was er wel. Hier, uit een interview met een van de gegijzelden: "De dames gingen veel gemoedelijker met de kapers om dan de mannen. Het ging er soms vrij uitbundig toe. Sommige mannen ergerden zich eraan. Zo van: buiten denken ze dat we een feestje aan het bouwen zijn en dan komen ze ons helemáál niet meer halen."

"Het moeilijkst te dragen was dat zij van hun identiteit werden beroofd. De passagiers werden gedegradeerd tot pionnen in het spel, meer niet. De menselijke natuur verzet zich ertegen platgewalst te worden; ook in deze situatie van absolute nivellering tracht men zich van anderen te onderscheiden," schreef een van de gegijzelden later. Men neemt die rol op zich die de grootste kans lijkt te bieden op overleven. Eerst is het een rol, maar na een tijdje wordt het je nieuwe identiteit, een pseudo-identiteit boven op de oude. De randvoorwaarden voor het proces zijn, eh, even kijken: het slachtoffer kan niet ontsnappen; haar of zijn leven ligt in handen van de kaper; het slachtoffer is geïsoleerd van hulp; de kaper toont zowel een gewelddadig als een vriendelijk gezicht, waardoor het slachtoffer van zijn afhankelijkheid doordrongen wordt. Zeg nou zelf, Octave, is dit niet in een notendop de verhouding tussen ouders en kind? Onder druk van sancties kopiëren kinderen het gedrag van de ouders. Je zit namelijk niet een paar dagen met ze opgesloten, maar achttien jaar.

Een van de gegijzelden werkte bij een groot bedrijf. De week voor de treinkaping had hij een instructie gekregen hoe te handelen bij ontvoering of gijzeling: je afzijdig houden, niet proberen een rol te vervullen, niet tegenwerken. Maar ook: niet meegaan in de gedachtewereld van de overmeesteraar, tot je laten doordringen dat hij je in zijn macht heeft. Dat laatste was het zwaarst. Je sterfelijkheid onder ogen zien.

Een paar maanden geleden stond er een interview in de krant met een Fransman die drie of vier jaar in Libanon gegijzeld was geweest. Die man had zich staande gehouden door steeds aan wijnen te denken, waar hij veel verstand van had. Niets doet ertoe zolang je er maar voor zorgt dat je een goeie hobby hebt. Een hartstocht. Dát is wat een mens nodig heeft om niet gek te worden. Ik meen het. Afleiding, daar gaat het om. Weet je wat hij zei? "De mens is zijn eigen beul. Nu besef ik dat het merendeel van bestaande problemen in feite verzonnen is." Daar zit veel waars in, kijk maar om je heen. Het kenmerk van de gegijzelde is dat die het heden ontkent en eindeloos het verleden repeteert. Daarbij haalde hij Napoleon aan, die op Sint Helena honderden keren de slag bij Waterloo overdeed.

Ze hebben het Stockholm-syndroom aan de hand van allerlei gegijzelden onderzocht. Patricia Hearst, die door het Symbionese Liberation Army werd gevangengenomen en gehersenspoeld en zelfs een nieuwe voornaam kreeg, Tania. Die wist niet meer wie ze was. Enkele gegijzelden zijn de treinkapers in de gevangenis blijven bezoeken. "Identificatie met de agressor" wordt dat genoemd. Het is natuurlijk fnuikend voor de algemene moraal als onze meisjes verliefd worden op de outlaws. De twee zwangere vrouwen in de trein werden uiteindelijk vlak voor de beëindiging van de kaping vrijgelaten. De ene kreeg enkele maanden later een dochter, en weet je hoe ze die noemde? Trijntje! Ik ken iemand die zijn kat Katja heeft genoemd en zijn hond Honda, maar dit overtreft toch alles? Trijntje!'

'Worst! Worst, godbetert!' foeterde moeder. Het ging weer eens over Van Driel. De aversie jegens de voorzitter van de raad van bestuur van Dupont was een van de weinige dingen die vader en moeder nog deelden. Vader vertelde juist over de volautomatische machine die kilometers worst per dag produceerde. Zes procent van de worst bestond uit een velletje van callogeen dat door Dupont tot het einde der tijden geleverd kon worden. Van Driel stuurde het eens zo trotse bedrijf meer en meer in de richting van de eerloze afgrond van voedingsindustrie en verpakkingssystemen. Wat had moeder deze Van Driel graag in een van zijn extrusiemachines geduwd.

We waren met z'n drieën. Een week eerder hadden we op Schiphol Godfried uitgezwaaid, met twee enorme schoudertassen was hij naar Boston vertrokken om daar te gaan studeren. Mijn briljante broer. Ik begon voor de tweede maal aan 4 vwo.

'Wat was ook alweer de grote verdienste van die proleet?' vroeg moeder. 'Dat hij een mal ontwikkelde om plastic flessenkratten te spuitgieten? Je hebt hem zelf nota bene uit Hardenberg weggeplukt, en nu loopt hij over je heen. Dat kan toch niet?'

'Kom, Anna, we hebben het daar niet meer voor het zeggen. Dat weet je best.' Vader schudde mismoedig het hoofd en schoof met zijn mes spinazie op de bolle kant van zijn vork. 'Je gedragen' was het sleutelbegrip bij mijn opvoeding. Dat betekende ongeveer tienduizend dingen. Het was voor tien procent innerlijke en voor negentig procent uiterlijke beschaving. Moeder meende natuurlijk dat die percentages precies andersom lagen. Hoe dan ook, ik had er genoeg van. Wat leverde het me op behalve een enorme berg hypocrisie? Mijn hele leven was één grote leugen.

Ik legde mes en vork neer en hoestte mijn vraag op: 'Hoe zit dat nu eigenlijk, wie is mijn vader?'

Ze keken me allebei aan alsof ik uit volle borst met gestrekte arm het refrein van het Horst Wessel-lied stond te scanderen. De kleur trok weg uit vaders gezicht. We zaten in de tuin, in de hoek waar de laatste zonnestralen vielen. Moeder had er een terras van oude baksteentjes laten aanleggen en daarop stond de witte ronde tafel met een gebloemd plastic tafelkleed eroverheen. Met twee handen pakte vader de tafelrand, waardoor de loden aardbeitjes die het kleed verzwaarden wild heen en weer slingerden.

'Daar hebben we het al eens over gehad,' zei moeder bits. Haar ogen straalden gebiedend van mij naar vader en terug. Vader negeerde haar. Hij haalde een keer diep adem en zei toen: 'Je bent verwisseld.'

'Hou meteen op met die onzin, Johan!' blafte moeder.

Vader bleef mij aankijken. Haast onhoorbaar voegde hij eraan toe: 'Toch is het zo.' Zijn blauwe ogen rustten trouwhartig op mij, zijn lippen bleven van elkaar. Zijn borst ging hevig op en neer. In mijn hoofd klonk een ruis alsof er een stofzuiger aan stond.

Verwisseld?

Hoe? Met wie? Wanneer?

Moeder zat vertwijfeld met de schaal aardappelen in haar handen. Ze deed een dappere poging geruststellend tegen me te glimlachen. Toen wendde ze zich tot vader en zette de schaal neer.

'Johan, laat je ouwe koeien in de sloot,' zei ze op een toon van 'waag het niet'. Ze plaatste haar wijsvinger krachtig op tafel en perste hem heen en weer, als drukte ze een onwillige mier dood. Daarna ging ze heel rechtop zitten.

'Maar hoe dan?' vroeg ik, terwijl ik naar mijn bord keek.

'In het ziekenhuis. Het was in het ziekenhuis,' zei vader nauwelijks hoorbaar.

Ik nam het servet van mijn schoot en legde het naast mijn bord. Ik durfde geen adem te halen, mijn strottenhoofd zat dicht. Hij keek me droevig aan: 'Je bent niet van mij.' Het klonk haast alsof hij zich verontschuldigde. 'En zij...'

Moeder sprong op als een tijgerkat.

'Eruit!' schreeuwde ze. 'Eruit jij!' Ze greep vader bij zijn kraag: 'Weg! Wég!', haar tanden groot en wit als van een roofdier. Hij schudde het hoofd. Hij articuleerde zoals je doet tegen iemand die slechts kan liplezen en daarbij niet zo snel van begrip is: 'Zij is je moeder niet.'

Moeder stond schuin achter hem. Ze boog zich voorover, griste vaders vork van tafel en nam die in haar vuist. Vader bleef zitten als het lam dat geofferd ging worden, gelaten. Zonder ook maar te mikken boorde moeder de vork in zijn rechterschouder. In één keer raak. Zijn stoel kantelde en hij viel ruggelings in het gras. Ze keek op hem neer, de vork nog in de aanslag. Ik pakte haar vast, alle spieren in haar lichaam waren gespannen.

Ze siste door haar tanden: 'Als je niet snel gaat, vermoord ik je.'

Hij kroop overeind, trok het steekwapen uit haar vuist en zei: 'Wees blij dat die hysterica je moeder niet is.' Met de vork in de hand liep hij het huis in. Even later hoorde ik de Jaguar starten en wegrijden. Ik liet moeder los.

Het was alsof ik deze scène al eerder had meegemaakt.

Dit gesprek, deze handelingen. De mond zo, het licht, de schaduwen, de woorden, de bewegingen – alsof ik voor de zoveelste keer een film zag die ik telkens weer vergat.

'Alles was gebaseerd op het idee dat een mens die hevig schrikt zes tot acht seconden nodig heeft om weer bij zijn positieven te komen. Dat was de theorie van Mulder. Hij was de psycholoog die bij de treinkapingen het contact met de kapers onderhield. Dat was nogal een mannetje.

Ik heb een scherpschutter van de speciale eenheid bezocht die bij de gijzelingen betrokken was. Die had niet zo'n hoge pet op van die psycholoog. Broeksma, zo heette die schutter. Of eigenlijk moet ik dat niet zeggen, vergeet die naam maar weer. Hij woonde vlak bij ons, zijn zoon kende ik uit het dorp.

Na de eerste Nederlandse gijzeling, in Deil, was er een speciale eenheid opgericht, de BBE, de Bijzondere Bijstands Eenheid. In politiebladen werd geadverteerd voor scherpschutters. Tweeduizend man reageerden. Het groepje van dertig man dat werd uitgekozen bestond uit zwijgers. Vaderlandse industrieën zoals Signaal, Philips en Dupont voorzagen de eenheid van materiaal: nachtkijkers, richtmicrofoons, warmtefotoapparatuur. Ja, je familie heeft ook nog een rol gespeeld.

Mensen die iets hebben meegemaakt hoor je nauwelijks. Zij die weten spreken niet. Zij die spreken weten niet. Bij die man moest ik het er woord voor woord uittrekken, dat was ook zo'n boeddha, hij wist veel. Hij was betrokken bij vrijwel iedere kaping in de jaren zeventig: de boerderij in Deil, de Franse ambassade, de Molukse acties, de Scheveningse gevangenis.

Hij vertelde dat de kapers binnen die zes of acht seconden moesten worden uitgeschakeld. Die theorie was voor het eerst toegepast in de Scheveningse gevangenis. In de gevangeniskapel hadden vier gevangenen, twee Hollanders en twee Palestijnen, tijdens de zaterdagavondmis het kerkkoor gegijzeld. Het gevangenispersoneel en de gedetineerden waren naar buiten gejaagd, de vijftien burgers van het koor hielden ze vast. Het vuurwapen dat ze gebruikten, was de gevangenis in gesmokkeld door een rooms-katholieke geestelijke. Die werd gechanteerd. Jaren eerder had hij op een kostschool jongetjes misbruikt, waaronder een van die Haagse criminelen. Het brein achter de gijzeling had eerder het boerengezin in Deil gegijzeld.

Onder de vloer en aan de wanden van de kapel hadden mariniers apparatuur geplaatst om kabaal te produceren. 's Morgens heel vroeg zijn aan twee kanten met loden pijpen alle ramen ingeslagen. Ondertussen werd er onophoudelijk met losse flodders gevuurd. Mannen in kogelvrije vesten stonden voor de ingeslagen ruiten met speelgoedrateltjes te zwaaien, terwijl andere met de loden pijpen op de kozijnen bleven rammen. Onder de vloer brulden de lawaaimachines. Een kakofonie. Een Haagse sloper brandde ondertussen met een thermische lans het slot uit de stalen kerkdeur.

Die bevrijding kan qua tactiek beschouwd worden als een generale repetitie voor de actie bij de trein. Het was een doorslaand succes; toen de mariniers na enkele seconden binnenstormden stond één kaper bibberend in de hoek, terwijl de twee Palestijnen zich tussen de leden van het kerkkoor onder de dekens hadden verscholen. De vierde terrorist was de zijkamer in gevlucht waar de priesters gewoonlijk hun togen of kazuifels aantrekken. Hij lag in foetushouding, met twee handen op zijn oren, totaal verlamd van de schrik, zijn broek volgeplast en -gepoept.

De instructie voor de scherpschutters bij de meeste kapingen luidde "x min 1". Dat wil zeggen dat ze zouden schieten op het moment dat ze alle gijzelnemers min één konden uitschakelen. Het idee was dat als één kaper ongedeerd bleef maar al zijn medestrijders uitgeschakeld zag, hij voldoende gedemotiveerd was om nog wat te doen. Per drie schutters namen ze er één op de korrel. De linkergroep de zich meest links bevindende kaper, de tweede groep schutters de volgende kaper, enzovoort. Daarbij kozen zij positie, dus als de linkerkaper en zijn buurman van plaats wisselden, nam het linkerteam schutters de linker voor zijn rekening. Positiespel, geen mandekking.

Maar de Molukkers waren niet gek. Ze kwamen wel de trein uit om rotzooi op te ruimen of om bloemen te plukken, maar nooit met meer dan twee tegelijk. 's Morgens kwamen ze om de beurt twee aan twee de trein uit om gymnastiek- en karate-oefeningen te doen, en op een dag klom er een op de neus van de trein om een RMS-vlag te bevestigen. Een van de Molukkers had de conducteurspet opgezet en waagde zich daarmee af en toe op het talud. Zodra een van de jongens zich vertoonde, namen drie Heckler & Kochs hem in het vizier.

De scherpschutters oefenden, behalve op treinen, veel op stokken met ballonnen. Die werden vastgehouden door mannen in kuilen, op grote afstand, en dan kregen de vuurbanketten de opdracht: geel is *tango*, rood is *golf*. "Tango" staat voor terrorist, die moesten ertussenuit geschoten worden zonder dat de roden knapten. Als je tango's schiet, luidt de opdracht: uitschakelen. Ze oefenden veel met een Heckler & Koch 5.65, een lang wapen waarmee je een vlieg op tweehonderd meter kunt doodschieten, semi-automatisch. Een rasant kogeltje, zo noemde de scherpschutter het liefkozend. Je schoot wel zúlke kijkgaten in het lichaam, maar die kogel kwam er niet meer uit. Als een bankrover met een gegijzelde een bank verliet, kon je het hoofd van de bankrover als een meloen uit elkaar laten spatten zonder dat de gegijzelde iets overkwam, behalve dat zijn kleren naar de stomerij moesten. Die kogel was voor Vietnam ontwikkeld, weinig restenergie, weinig uitschot.

Uiteindelijk hebben ze op die feestelijke ochtend van onze geboorte niet alleen de Heckler & Koch 5.65 gebruikt, maar ook .30-munitie. Een zwaardere stabiele kogel met groot doordringend vermogen, om te vermijden dat er te veel kogels kriskras door de trein gingen ketsen. Die kogel schiet je probleemloos door drie, vier man heen, en dan gaat hij nog door. Ze hadden mitrailleurs van de landmacht op affuiten, die vuurden vijf- tot zeshonderd schoten per minuut af, lichtspoormunitie. Van twee kanten namen ze de trein onder vuur. Vanaf de oostkant met Heckler & Kochs én vier mitrailleurteams, en van de westkant enkel met Heckler & Kochs. De dertig schutters met dat wapen namen de uiterste randen voor hun rekening, de mitrailleurs doorzeefden de tussenliggende stukken. Mijn scherpschutter zei dat er een paar duizend kogels op de trein waren afgevuurd. Een andere schutter schatte het totaal op zo'n tachtig- tot honderdduizend kogels. Dat lijkt me aan de hoge kant. Hoe dan ook, proportioneel geweld dus. Dat is gerechtigd bij permanent aanhoudende dreiging, publiek noodweer, artikel 41 van het Wetboek van Strafrecht.

Wat opviel was het mededogen waarmee hij over de Molukkers sprak. Hij had wekenlang de kapers in het vizier gehad en wachtte op het bevel hen te doden, maar had duidelijk sympathie voor hen. De liefde van de beul. Hij noemde hen consequent "vrijheidsstrijders" en vertelde dat ze al hun spullen in koffers bewaarden, zozeer rekenden ze erop dat ze naar Ambon zouden terugkeren.

Mijn informant was ingekwartierd bij een boer die allergisch was voor vee, een paar honderd meter van de trein. Die boer verbouwde alleen maar aardappelen. Vriendelijke mensen, die al die tijd een stelletje scherpschutters op het erf hadden, non-stop koffie zetten en als dank van de regering een vakantie op Terschelling aangeboden kregen.

In de jaren zestig dreigde de Nederlandse overheid de president van de Molukse regering in ballingschap dat hij, als hij zich niet behoorlijk zou gedragen, naar Texel verbannen zou worden. Texel! Echt. Ik verzin niks. Texel, Hollands hoogsteigen Sint Helena, aan de einder van ons onmetelijk rijk. Bonapartes droom: je broek opstropen en wachten op laag water.

Diezelfde president in ballingschap schijnt bij de eerste treinkaping over de kapers gezegd te hebben: "Dat zijn mijn jongens niet." Een van de Molukkers zag in die woorden het sein aan de Nederlandse overheid; jullie mogen ze doodschieten.

Door droge sloten, van die rechte ruilverkavelingssloten, kropen de scherpschutters in de dekking van de nacht dichterbij. Met zwanenhalskijkers hielden ze de trein in de gaten. Ze moesten de hele tijd gedekt blijven, want af en toe werd er uit de trein op hen geschoten. Aangezien de kapers hoger zaten, konden ze zien dat daar mannen lagen. Ze bleven de hele dag in de sloot. Ze hadden een mes en een blik bruine bonen, die ze met twee vingers uit het blik visten. Als ze moesten poepen gebeurde dat liggend; broek naar beneden sjorren, kuiltje graven en dan weer zand eroverheen schuiven.

Aan de andere kant van het spoor zaten mariniers gestationeerd in een verlaten boerderij. De boer en de boerin waren gevlucht, met achterlating van vijfendertig koeien. Die jongens moesten iedere dag vijfendertig zwartbonte koeien melken, anders zouden die beesten de treinkaping niet overleven. De melkwagen van de coöperatie kwam de kordons niet meer door, de mariniers flikkerden de melk in de sloten. De schiftende melk stond daar kniediep.

Een deel van de sloten was dus gevuld met de stront van de scherpschutters, de rest met de zure room van de mariniers. Maar in de nabijheid van de trein was het helemaal niet te harden. Het is juni, het begin van de zomer, de zon die op de open vlakte brandt. Moet je je voorstellen: zestig mensen in een kleine, met kranten dichtgeplakte ruimte. Ze kunnen zich niet of nauwelijks wassen, vrijwel iedere vorm van hygiëne was hun ontzegd, geen schone kleren, allemaal op één wc. Een afgrijselijke meur.

En onder de trein groeide de strontberg, een piramide zo hoog dat het gat van de wc erdoor werd afgesloten. Zo'n bult stront onder de trein; dan begin je een idee te krijgen. De walm, de vliegen, de ratten. De muren van de plee waren door de Molukkers volgeschreven: "Jullie regering laat jullie stikken!" Met zekere regelmaat kwam een kaper de trein uit om half onder de trein te kruipen en de piramide af te vlakken met de stok van een seinvlag.'

Midden in het blad van de keukentafel stond de vork recht overeind. Vader moest hem daar met enorme kracht in geplant hebben. Op het aanrecht torende een stapel servies. Moeder had zich weer in de hand. Ze was bezig in de keuken de afwasmachine in te ruimen. Toen ik binnenkwam zei ze: 'Hij moet niet van die onzinnige dingen zeggen.' Ik pakte een Wedgwood-schaal bij de oren en smeet die zo hard mogelijk tegen de vlakte. Hij spatte uit elkaar.

'Ik wil het hele verhaal hebben. De waarheid!'

Moeder draaide zich doodkalm om. 'Je was er voordat de gynaecoloog zijn handschoenen had kunnen aantrekken.' Ze keek me aan met een blik van: zo, die zit. Ineens voelde ik me heel moe. Het was hopeloos. Ze leidde het gesprek alweer in andere banen, weg, weg van de kern van mijn bestaan. In enkele zinnen zou alles teruggebracht worden tot de orde van de dag.

'Ik ben nooit zo gelukkig geweest als tijdens die weken na jouw geboorte.' Ze ging op haar tenen staan en kroelde, zoals ze dat heel soms deed, ineens teder door mijn haren, alsof ze me, met mijn een meter vijfennegentig, zojuist uit zich had geperst.

'De bevalling van Godfried was, zoals je misschien weet, niet ideaal verlopen. Ik zal je de details besparen. Dat wilde ik geen tweede keer meemaken en ik was niet zo piep meer. Vandaar een academisch ziekenhuis. De gynaecoloog zag direct hoe laat het was. Hij liet me als de wiedeweerga naar de verloskamer rijden. Die persweeën mag je niet negeren, want dan raken ze beledigd en komen ze niet meer terug. Tussen het moment dat we het ziekenhuis binnenkwamen en het moment dat jij in mijn armen lag zat nog geen tien minuten. Het was zó gebeurd, in een zucht, een droombevalling. Je kon niet wachten, je wilde de wereld in.'

'Maar hoe ben ik dan verwisseld?'

'Dat is echt nonsens. Een onzinverhaal. Dat hij dat oprakelt!' Aan de manier waarop ze met haar hand over haar been streek zag ik hoe gespannen ze was.

'Wat voor verhaal?'

Ze zuchtte.

'Ten tijde van de fusie was je vader vrijwel dagelijks in het nieuws. Ik heb hem daar altijd voor gewaarschuwd: dat krijg je op een dag op je brood. Hij is zo ijdel. Altijd maar met zijn smoel in de krant, de grootindustrieel uithangen, dat is toch nergens voor nodig? Opi heeft ons geleerd dat je in je leven drie keer in de krant komt: als je geboren wordt, als je trouwt en als je sterft. Vaker strekt niet tot aanbeveling. Maar goed, op een dag verscheen daar een afperser op het toneel. Hij beweerde dat jij zijn zoon was.'

'Wat? Wie?'

'O, dat weet ik niet. Vader heeft het laten uitzoeken en toen was het snel afgelopen.'

'Wat hebben jullie laten uitzoeken?'

'Het was gewoon een poging tot chantage.'

'Heeft hij gevangenisstraf gekregen?'

'Ach, Octave, het is al zo lang geleden. We hadden wel vaker van die akkefietjes, er was een tijd dat je vader bijna dagelijks telefonisch lastig werd gevallen. Strontvervelend. Op aanraden van de fabriek heeft hij in de jaren zeventig zelfs een tijd een bodyguard annex chauffeur gehad. Er waren in die jaren aan de lopende band gijzelingen en ontvoeringen. Die bodyguard was daarin getraind, parkeerde altijd zo dat je direct weg kon en ging bij het stoplicht nooit vlak achter andere auto's staan. Dat soort dingen.'

Ik keek haar strak aan: 'Toen je naar huis ging, hoe wist je toen zeker dat ik jouw kind was?'

'Doe niet zo raar! Dat wist ik zestien jaar geleden net zo goed als nu. Als moeder zie je dat, ruik je dat.' Ze wees op haar neus. 'Met mijn reuk was niets mis, nog steeds niet trouwens. Ik kan het nog altijd in de keuken ruiken als Jenny boven de ramen lapt. Als je zwanger bent, ruik je nog tien keer beter. De neus is ons meest onverbiddelijke zintuig, dat weet je toch wel? Je andere zintuigen kunnen je voor de gek houden, maar je neus niet.'

Haar handen trilden.

'Ik legde je tegen mijn borst. Je dronk onmiddellijk, alsof je uitgehongerd was. Nou, Godfried niet, hoor. Die moest de fles hebben, wat ik ook probeerde.'

Ze keek me veelbetekenend aan.

'De natuur wijst de weg. Je róók dat je bij mij moest zijn. En ik: ik had je uit duizenden herkend.'

Ze stond op. 'Kom, we vegen het even bij elkaar.' Hier en daar was op de scherven het wurgende klimopmotief nog te herkennen.

'De generale repetitie voor de bevrijdingsactie was op vliegbasis Gilze-Rijen op eenzelfde trein. Na veel wikken en wegen was de definitieve strategie uitgezet. De bedoeling was zoveel mogelijk kapers tegelijk uit te schakelen, of op z'n minst te voorkomen dat ze de gegijzelden bereikten. Op vier plekken zou de trein worden doorzeefd, in compartimenten gescheiden. Hiervoor werd het woord "compartimenteren" uitgevonden. De straaljagers zouden laag overvliegen om de kapers te verlammen en de gegijzelden tegen de grond te dwingen.

Punt van discussie was hoe de mariniers snel en veilig in de trein kwamen. Er werd met van alles geëxperimenteerd. Ze hadden geoefend om er een andere trein naast te zetten en dan over te springen. Dat bleek niet mogelijk, treinen hebben een te lange remweg. Op een zijspoor bij de vuilverwerking bij Wijster werd geoefend om de mariniers met helikopters te droppen. De helikopters vlogen in lengterichting over de trein, van deur naar deur. Ze moesten boven de bovenleiding blijven hangen, de mariniers roetsjten langs kabels naar beneden. Bij de bevrijdingsactie zouden ze dan om en om komen: Starfighters voor het schrikeffect, Lynx-helikopters voor de mariniers. Maar de Starfighter-piloten vonden dat te riskant. Dat was vragen om problemen, die dingen kwamen met 800 kilometer per uur over of zoiets.

Op woensdagavond werden in de kantine van het 322-squadron zes vrijwilligers gevraagd voor een strikt geheime klus. Twee uur later vlogen ze van Leeuwarden naar Gilze-Rijen, vanuit de lucht zagen ze midden op de vliegbasis een gele trein staan.

Mariniers in de trein fungeerden als proefkonijn, om te testen wat het grootste schrikeffect opleverde. Ook overdwars over de trein scheren werd geprobeerd. Dat maakte een teringherrie, maar als ze in lengterichting overdoken maakten ze het meeste kabaal. Dat werd het. Het lijkt een detail, maar stel dat ze overdwars hadden gevlogen, dan waren die vliegtuigen niet over Groningen heen geraasd maar over Sappemeer, dan was niet heel Groningen en Haren uit bed geschud en op de fiets gesprongen, dan was Anouk niet versneld gaan baren, enzovoort. Dan was jij gewoon om vier uur 's middags met een keizersnede ter wereld gekomen. Nou ja, misschien heeft ze het verzonnen, hoor, ze verzint wel vaker wat. Maar die trein stuiterde zowat uit het spoor, dus dat Anouks baarmoeder ging golven op de luchtdruk van de zes Starfighters F-zoveel kan best. Heel Groningen trilde van emotie.

Het was een tijd van eindeloos wachten, voor iedereen eigenlijk. Een tijd van flauwe grappen. "Wat is een optimist? Iemand die een retourtje Assen-Groningen koopt." "Victor komt op vioolles, maakt zijn koffer open en ziet tot zijn schrik dat er een stengun inzit: 'Shit, dan zit onze Sam met een viool in de trein.' " Dat niveau.

De trein stond ter hoogte van de green van de negende hole van de Noord-Nederlandse Golf & Countryclub, die, tot ongenoegen van een aantal leden, al bijna drie weken gesloten was. Het kordon dat in twee ringen om de trein lag, werd tijdens de kaping eenmaal geopend voor de greenkeepers, omdat anders de greens naar god zouden gaan. Onder dekking mochten ze 's nachts bij het licht van een schijnwerper snel de green van de negende maaien. Verder stond het gras enkelhoog. De scherpschutters die bij het clubhuis bivakkeerden, gingen uit verveling balletjes slaan op de driving range. Af en toe werden er vanuit de trein schoten gelost op de golfende mannen. Uit baldadigheid, hoor, want de kapers dachten dat ze, als er maar geen doden vielen, een sterke onderhandelingspositie zouden hebben. Het clubhuis van de Noord-Nederlandse, een fraai oud landhuis met rood-witte luiken, werd gebruikt als commandocentrum. Op de eerste verdieping stonden de infraroodcamera's waarmee de trein, langs de kastanjes, werd bespied. Op zolder zaten gezagsgetrouwe Molukkers of Indonesiërs die vierentwintig uur per etmaal vertaalden wat de treinkapers bespraken.

Alle mogelijke afluistertechnieken werden uitgeprobeerd. Er waren richtmicrofoons die zo gevoelig waren dat ze 's nachts de ratten konden horen trippelen op de berg stront onder de trein. Onmiddellijk na het begin van de kaping was er door de CIA een vliegtuig met afluisterspecialisten en -apparatuur ingevlogen. Toen de kapers Coca-Cola wilden, werd overal gezocht naar een houten colakrat, waar microfoons in konden worden weggewerkt. In heel de Benelux bleek geen houten krat voorhanden, alleen van die schreeuwerige plastic dingen.

Elke dag duwden twee rechercheurs in fleurige overhemden een trolley met eten over het spoor naar de trein. Tussen en in de gamellen, kratten en verpakkingen zat afluisterapparatuur. Die trolley was een soort rijdende geluidsstudio. Zelfs in het deksel van een soeppan die in de trein bleef staan zat een microfoon.

De eerste nacht al lagen kikvorsmannen onder die trein; die kikkers waren bij toeval in het noorden op de dag dat de kaping begon. Door beken en sloten zwommen ze naar de trein. Die eerste uren zouden zij probleemloos alle Molukkers hebben kunnen uitschakelen, alleen kregen ze daar geen toestemming voor. De tweede nacht werden ze bijgestaan door mariniers van de BBE, gekleed in het zwart en zwart geschminkt, om te verkennen, microfoons te plaatsen en een tunnel te graven. Nou ja, dat laatste moet je met een korreltje zout nemen. Er zou een tunnel zijn geweest, uit het talud naar de kop van de trein. Ik vind dat wel mooi, maar of het waar is? De mariniers zouden daarbij geassisteerd zijn door de Engelse SAS, dat zijn geboren mollen, die doen al vijftig jaar niks anders dan zich ingraven in vijandelijk gebied. De SAS heeft de mariniers in ieder geval van een partij stun-grenades voorzien en hen geïnstrueerd over het gebruik ervan. Ook wordt er gefluisterd dat de SAS'ers bij de bevrijding als eersten de trein in zijn gegaan en de kapers hebben geliquideerd, en dat pas daarna de mariniers zijn gekomen, om de gegijzelden te ondersteunen bij het afstapje. Op zich past het naadloos in de Nederlandse traditie om het vuile werk door een ander te laten opknappen, maar ik heb geen hard bewijs voor deze theorie gevonden.

De buitenlandse antiterreurspecialisten waren licht afgunstig vanwege de hoge gijzelingsdichtheid in Nederland in de jaren zeventig. We lagen op kop. We willen altijd graag gidsland zijn, maar dat zijn we in de recente geschiedenis eigenlijk maar met drie dingen werkelijk geweest: slavenhandel, gijzelingen en kroketten uit de muur. Vooral met de automatiek hebben we furore gemaakt, jammer dat dat nu een beetje over z'n top heen is.

Er waren ook moffen. Ja, ze kwamen allemaal als vliegen op de stront af. De marinier die de operatie leidde, vloog dagelijks naar Sankt Augustin om te overleggen met de GSG 9-top. Daarvoor was een speciale helikopter ter beschikking. Die eenheid was opgericht in 1972, na het bloedbad bij de Olympische Spelen in München. Ze sliepen in de kazerne in Sankt Augustin, een glijpaal leidde naar de garage. Binnen twee minuten konden die Duitsers uitrukken. Per vier man hadden ze een gepantserde Mercedes 320 SL, ze hadden rijdende operatiekamers, treinstellen, zelfs een oefenhal waar uit het plafond de romp van een DC 8 geklapt kon worden, met daarachter een kogelvangende muur. Die verwende Duitsers hadden echt alles, behalve gijzelingen.

De afluistermicrofoons die volgens instructies van de Engelsen geïnstalleerd werden, waren niet groter dan een kwartje, magnetisch. Je toste ze omhoog, zo, *ping*, met je duim, en dan bleven ze vanzelf hangen. De mariniers groeven trotyl in en onderwijl bedekten ze de onderkant van de trein met handtekeningen en spreuken. *Henk was here.* Annexatiedrift, zoals sommige meesterkrakers in de kluis kakken. Verder luisterden ze naar het gehijg en gesteun in de trein, vlak boven hen. Ja, het was net de wintersportexpres. Er werd desperaat gekrakt. Tenminste, de geruchten daarover zijn hardnekkig.'

'Natuurlijk moet je op onderzoek uit,' zei Felicia. Doordat ik was blijven zitten, zaten we niet meer samen in de klas, maar de liefde hield stand. We hingen in de zitkamer in de grote leren stoelen, half naar elkaar toe gekeerd. Moeder was aan het golfen.

'Ja, maar moeder gaat eraan onderdoor. Ik zie het aan haar.'

'Dat heeft niks met liefde te maken, maar met angst. Als ik jou was, zou ik trouwens mijn koffers pakken.'

Vader liet niet van zich horen. Sinds het vorkincident had hij zich niet meer op Duinzigt vertoond. Hij verbleef in hotels. Ik had hem een paar keer gebeld, maar hij was steeds kortaf geweest, of dronken. Zijn stem klonk dan als een te traag afgespeelde grammofoonplaat. 'Die maoïsten', daar had hij het steeds over. Hij beëindigde het gesprek abrupt.

Er werd door moeder niet meer over hem gesproken. De deur naar zijn werkkamer bleef potdicht. Al gauw was het alsof hij nooit bestaan had. 's Avonds bij het inslapen dacht ik even aan hem; dan zag ik hem, alleen, op een stoel in een lege kamer.

Nu ik niet de zoon was van een Tunesische tassendrager, vond Felicia het tijd worden dat ik uitzocht wie ik dan wél was. Op haar advies had ik moeders bureau doorzocht, en in een van de grijze ordners had ik een brief van een advocaat gevonden. Ze heetten Jacobs, de mensen die beweerden mijn biologische ouders te zijn. Mijn plaatsvervanger was Finn. Het was een kil briefje, een juridische notitie dat de zaak afgesloten was, gedateerd 13 december 1985.

Felicia zette haar lege glas op de vloer, ging schrijlings op mijn knieën zitten en begon me te kussen. Moeder was als de dood dat ik aan haar zou blijven hangen. Ze vond het geen net meisje. Op weinig subtiele wijze schilderde ze de hel die me te wachten stond. Octave Dupont, in de knop gebroken. Maar zover was het nog niet.

De wereldbevolking was voor mij in die dagen verdeeld in twee kampen: degenen die het weleens hadden gedaan en degenen die het nog nooit hadden gedaan. Ik behoorde tot de laatste categorie. Er waren op school enkele jongens die beweerden of van wie werd gezegd dat ze bij de eerste groep hoorden. In de parallelklas zat een jongen, Job Kleyn, die altijd condooms bij zich had, 'omdat je nooit kon weten'. De achteloosheid waarmee hij dat meedeelde verpletterde me.

Het was een andere wereld, die ook voor mij naderbij kwam en waar ik eerlijk gezegd als een berg tegen opzag. Door de vleselijke inspanningen konden de spieren van de vrouw in een stuip raken en het vrouwenbekken veranderen in een berenklem. Ik had gelezen over een jongen en meisje die het in een trein deden en vast kwamen te zitten. Ze waren ineengestrengeld de trein uit getild en naar de stationschef gebracht. Dat beeld had een plek voor in mijn hersenschors veroverd. De ontmaagding was voor mij onlosmakelijk verbonden met het kantoortje van de stationschef.

Hoe ongeoefender het liefdespaar, hoe groter de kans op coïtusklem. Bij de eerste keer schatte ik de kans op ten minste zestig procent. Ik was bang. Diep in mijn hart was ik bang voor vrouwen, maar nog banger was ik voor het feit dat ik bang was voor vrouwen.

Felicia trok mijn broekriem los.

'Niet doen, moeder kan elk moment thuiskomen. Het is al vijf uur. Als ze snel gespeeld hebben, zijn ze nu klaar.'

'Ach, dan gaan ze toch nog eindeloos babbelen over buxusboompjes.' Ze knoopte mijn broek verder open en rukte mijn onderbroek naar beneden. Ze steunde met twee handen op de brede leuningen. Dit was de goden verzoeken. Je kreeg al kramp als je ernaar keek. Moeder zou ons in toestand van rigor mortis vinden in grootvader Styringa's leren stoel. Of zouden we als een achtpotig insect over de grond kruipend de telefoon kunnen bereiken en het alarmnummer bellen? Welke afdeling kon ons helpen: chirurgie, gynaecologie of psychiatrie?

Koortsachtig zocht ik naar iets om haar af te leiden.

'Weet je, Finn, de jongen met wie ik verwisseld ben?'

'Hmmm.'

'Ik weet waar hij woont. Het stond gewoon in de Rolodex van vader, in zijn kamer.'

'Heb je hem al gebeld? Ga je naar hem toe?' Ze schoof haar onderbroek opzij.

'Nee,' zei ik angstig.

Ze negeerde mijn gestamel en zakte over me heen.

'Is dit niet gevaarlijk?' fluisterde ik benepen, terwijl ik mijn blik op het art nouveau-plafond richtte. Waarom deed ik dit?

'Héél gevaarlijk.' Langzaam begon ze heen en weer te bewegen. Ik voelde haar spieren zich om mij heen klemmen als een boa constrictor.

'Ik meen het,' fluisterde ik.

'Ik ook. Je moet naar hem toe gaan. Je móét,' hijgde ze. 'De jongen die jij had moeten zijn.' Felicia begon steeds heviger op en neer te beuken, tot haar greep leek te verzwakken. Haar spieren ontspanden zich. Het voelde wel goed eigenlijk.

Opgewonden fluisterde ze: 'Anders doe ik het.'

'Volgens de berekeningen van de Rand Corporation is de bevrijding van de trein buitengewoon efficiënt uitgevoerd. Gemiddeld sterft bij het begin van een gijzeling drie procent van de gegijzelden en in de loop van de gijzeling nog eens elf procent, in totaal dus veertien procent. Terwijl dat bij De Punt nog geen vier procent was, tegen een sterftepercentage van zesenzestig bij de kapers.

Het Academisch Ziekenhuis Groningen, verantwoordelijk voor de opvang van gewonden, had het pessimistischer begroot. Daar rekende men op vijfentwintig procent doden, vijfentwintig procent zwaargewonden, vijfentwintig procent lichtgewonden en vijfentwintig procent ongedeerden. Dat kwam neer op zeventien doden en zeventien zwaargewonden. Iets te veel naar M*A*S*H gekeken waarschijnlijk. Heimelijk hoopte iedereen natuurlijk op leven in de brouwerij; op een dag heb je het wel gezien, die verpleegsters in hun doorzichtige jurkjes. Ze moesten zeventien operatieteams – chirurg, chirurgisch assistent, anesthesist en verpleegkundige – op de been brengen. Het ziekenhuis beschikte op dat moment over vijfentwintig chirurgen, vierentwintig chirurgisch assistenten, acht radiologen en twintig anesthesisten en anesthesieassistenten. Daaruit konden maximaal twintig teams worden samengesteld die tegelijkertijd konden opereren.

Op verzoek van het beleidscentrum had het ziekenhuis een chirurg plus een anaesthesist met mobilofoon bij de trein geïnstalleerd. Die zouden het ziekenhuis waarschuwen als de kaping werd beëindigd en de eerste triage doen: bepalen in welke volgorde de gewonden naar het ziekenhuis getransporteerd zouden worden, doorgeven hoeveel zwaargewonden er waren en met welke verwondingen. Het specialistenteam werd telkens afgelost en moest iedere twee uur de mobilofoon testen. De verbinding tussen de trein en het ziekenhuis was van groot belang.

Uiterlijk een halfuur voor het begin van een bevrijdingsactie zou het beleidscentrum het ziekenhuis inlichten. Er was een ingenieus waarschuw- en afhaalsysteem uitgedokterd voor de artsen en assistenten – een behoorlijk grote groep mensen had nog geen telefoon in die tijd. De operatieteams moesten klaarstaan als de gewonden binnengevoerd werden. Tegelijkertijd moest voorkomen worden dat er te veel personeel rondliep.

De kapers eisten de vrijlating van eenentwintig Molukse gevangenen, een bus met chauffeur en een vliegtuig met bemanning. Die eis wilde de regering niet inwilligen. Bemiddelaars bezochten de trein eenmaal, en op 9 juni voor de tweede maal. Zonder resultaat. De gijzeling duurde toen al achttien dagen. Iedereen werd knap zenuwachtig. Psychiaters en artsen vreesden voor de gezondheid van de gegijzelden. Zo lang had een gijzeling nog nooit geduurd. Hoe zouden die mensen eruit komen? Als wrakken?

De kans dat de wanhopige gegijzelden iets doms zouden doen, werd steeds groter geacht. Ach, de meest serieuze ontsnappingspoging die de gegijzelden bespraken, was om met alle mannen tegelijk van links naar rechts te rennen, en zo de scheef staande trein te laten kantelen. Bijdehand. Ook hebben ze overwogen om overdag gewoon met z'n allen uit te stappen. Een van hen zag kans met een spiegeltje een boodschap in morse te seinen: "Kom ons halen." Daar werd uit geconcludeerd dat de gegijzelden aan het eind van hun Latijn waren. De kapers wisten van geen wijken. De vrees begon te ontstaan dat er, net als bij de eerste treinkaping, mensen met een nekschot uit de trein gegooid zouden gaan worden. Ingrijpen was geboden.

Hoe werd besloten? Door wie? De eindverantwoordelijkheid werd gedeeld door vijf bewindslieden. Op vrijdag 10 juni, om vier uur 's middags, kwamen ze bij elkaar. Van Agt, de minister van Justitie, legde het plan van aanval uit en maakte duidelijk dat het de volgende ochtend moest gebeuren. Zondag was namelijk uitgesloten. De Molukkers waren voor het merendeel protestants, en dat zou worden gezien als een belediging van de Molukse gemeenschap. Met dat halfchristelijke kabinet was zondag hoe dan ook niet de geschikte dag, daarover werden katholieken en protestanten het snel eens. Mensen doodschieten op de dag des Heren mag niet, maar de dag ervóór is prima. Zaterdagochtend, dat werd het, vlak voor zonsopgang, als mensen op hun slaperigst zijn. Die tactiek is al zo oud als de oorlog: aanvallen als de morgen komt.

De minister-president, Den Uyl, vond het voorgelegde plan te militair. Het leger is niet bevoegd bij binnenlandse aangelegenheden op te treden, de politie en de marechaussee moeten het doen. Alleen in het uiterste geval kan en mag het leger optreden. Hij vroeg of er niet een minder militaire oplossing was voor die straaljagers. De luchtmachtgeneraal werd erbij geroepen en die zei: "Natuurlijk wel. We spuiten de Starfighters wit en zetten er in grote letters POLITIE op."

Men was bang dat er veel doden zouden gaan vallen. Tegelijk had iedereen er natuurlijk ook gewoon genoeg van. Een beetje zoals bij een oud omaatje dat eindeloos op sterven ligt, dan wordt er op een gegeven moment voorzichtig gevraagd: "Dokter, hebt u geen spuitje?"

Ze hadden bijna drie weken gewacht. Drie weken lang werd er op de Nederlandse radio stemmige muziek gedraaid en door diskjockeys niet door de muziek heen geleuterd. Wat dat betreft had die treinkaping nog wel even mogen voortduren. Maar iedere Nederlander voelde wel aan z'n water dat wij ook fout zaten. Als het gewone misdadigers of terroristen waren geweest, dan waren die mariniers er al na twee dagen in gestuurd, zoals in de Scheveningse gevangenis.

Vooral Van Agt wilde graag tot actie overgaan. Den Uyl, van huis uit een calvinist, was tegen een gewelddadige beëindiging. Alle kapers waren protestants, er waren geen katholieken of moslims bij de gijzeling betrokken.

Den Uyl stelde voor die avond om negen uur weer bijeen te komen om de knoop door te hakken. In de tussenliggende tijd kon ieder voor zich de beslissing overdenken.

Over christenen gesproken, weet je dat ze in de tweede week van de kaping een Duitse pater-jezuïet hebben gearresteerd? Die was 's nachts zwemmend het Noord-Willemskanaal overgestoken en door de weilanden naar de trein getijgerd. In zijn pij. Hij wou een einde aan de kaping maken. Maar de aanwezigheid van geestelijken bij gijzelingen is taboe, daar worden mensen maar fatalistisch van, iedere associatie met het hiernamaals moet vermeden worden.

Om negen uur vrijdagavond zaten de betrokken ministers, Den Uyl, Van Agt, Van der Stoel, De Gaay Fortman en Van Doorn opnieuw bijeen. Binnen een kwartier was de kogel door de kerk: ingrijpen. Drie tegen twee, een krappe meerderheid. Van Doorn en Den Uyl waren tegen.

Nadat het besluit was gevallen, werd overwogen de kapers nog een laatste kans te geven. Maar een waarschuwing of een ultimatum zou het risico voor mensenlevens onnodig vergroten. Andere ministers werden niet ingelicht, de koningin wel. Het Academisch Ziekenhuis werd, tegen de afspraak in, niet op de hoogte gesteld.

Zeven uur voor de bevrijdingsactie werd de knoop dus doorgehakt. Onze moeders hadden toen al de eerste weeën. Op dat moment, vrijdag om kwart over negen 's avonds, stonden Anouk en Bram op het punt naar het ziekenhuis te vertrekken. Ze waren vers uit Amsterdam naar Drenthe gekomen. Daar woonden ze als Jozef en Maria in de stal. Om hen heen dozen en vuilniszakken en opgestapeld meubilair, omringd door tientallen kaarsjes. Geen telefoon, geen gas, geen elektra. Anouk was tien dagen later uitgerekend. Ze had gelezen dat de eerste altijd op zich liet wachten. Ze dachten dat ze nog alle tijd hadden.

Het was pokkeweer, het onweerde en bliksemde. Stadslui verdwaald op het platteland. De vliezen braken. Ze gingen in de deux-chevaux de nacht in. Op de provinciale weg sloeg Bram rechtsaf, noordwaarts. In het donker, in de slagregen, kon hij de weg naar het ziekenhuis niet vinden. Hij was in paniek. Hij kende heg noch steg daar.

In de trein werd intussen druk gedominood, geschaakt en gekaart. Een van de gegijzelden verzorgde een goochelvoorstelling. De ramen van de trein werden opnieuw afgeplakt met kranten, op veel plekken hingen die kranten op halfzeven. In de verte lichtte de hemel op.

Een deel van de op veertienhonderd meter van de trein verzamelde pers was inmiddels op de hoogte van de voorgenomen bevrijding. Ook de Molukse gemeenschap van Bovensmilde was te weten gekomen dat de kaping beëindigd ging worden, maar moest lijdzaam afwachten. Molukse wijken werden met pantserwagens van de buitenwereld afgegrendeld.

Er waren vier plaatsen waar de tango's regelmatig verbleven, zoals de scherpschutter het uitdrukte. Ze hadden een heel strakke militaire discipline, deden alles op vaste tijdstippen. Dát, en de cruciale fout dat ze gescheiden van de gegijzelden sliepen, werden hun fataal. Na twintig dagen was hun ritme tot in detail in kaart gebracht. De kapers wisten dat ze afgeluisterd werden, dat was eigenlijk de zwakste schakel; hoeveel fake-berichten hadden ze uitgestuurd?

In de nacht van 10 op 11 juni sliepen drie Molukse jongens in de kop van de trein, in de commandopost. Vier sliepen er in de eersteklascoupés midden in de trein. In die coupés hingen de borduurwerkjes van de gegijzelden. Achter in de trein in de tweedeklas rookcoupé bevonden zich twee kapers, onder wie het meisje. Zij hadden die nacht wacht.

De mariniers waren via een omweg tot op twintig meter van de kop van de trein genaderd. In de ochtendmist doemde de gele schim op die al bijna drie weken Nederland en de wereld in zijn greep hield. Aan de hoge kant, daar waar de mariniers erin zouden klimmen, lag de treinvloer zeker anderhalve meter boven de kiezels.

Het begin van de actie was een uur uitgesteld en later nog eens vijf minuten. Op een gegeven moment wordt iedereen in zo'n trein wakker en moet pissen, dat kun je je wel voorstellen. Als die ochtendspits op gang kwam, dan zouden de gegijzelden natuurlijk bij bosjes vallen.

Scherpschutters met de semi-automatische Heckler & Kochs en mitrailleurteams hadden hun positie ingenomen op de dijk aan de oostkant van de trein. De scherpschutters die aan de westkant lagen, zouden alleen hoog door de trein vuren. Zij hadden hun doelen lang en breed in het vizier. Vuurdiscipline, daar draaide het om. Door de koptelefoons kregen de scherpschutters de instructie: "Attentie." De volgende instructie was "vuur". Tussen de twee commando's konden drie seconden zitten, maar evengoed tien minuten of een halfuur. Daar lagen ze. De grootste discipline wordt betracht in het "niet doen". Het heeft iets taoïstisch. Het is makkelijker je te laten leiden door je impulsen, je instincten. Iets kunnen laten, dat is de essentie van beschaving, toch?'

Na twee jaar liet Felicia, de aanjaagster van het gewroet in mijn historie, me zitten. Bij het afscheid voorspelde ze dat het net zo lang zou duren om de breuk te verwerken als de verhouding geduurd had.

Bijna twee jaar later kwam ik haar tegen in de dorpsstraat, waar je gewoonlijk alleen maar vrouwen van vijftig met roedels dalmatiërs en bejaarde potentaten te paard voorbij zag stappen. Het was in de tijd dat ik moeder verzorgde.

'Hé, ben je terug in het reservaat?' Felicia sprak altijd over 'het reservaat', ze vond dat er wildroosters bij de ingang van het dorp geplaatst moesten worden. Haar borsten veerden op bij elke stap.

'En, heb je je echte ouders nu al ontmoet?!'

'Nee.'

'Nog steeds niet? Niet te geloven!'

We slenterden door het dorp. Ze vertelde over haar werk met resusaapjes. Een stuk of dertig had ze er onder haar hoede. Het sprak vanzelf dat ik met haar mee liep naar het huis van haar ouders. Ze praatte honderduit.

'Het is zulk boeiend werk. Weet je dat kinderen net als apen precies op die toonhoogte huilen die voor de moeder onuitstaanbaar is? *Survival-value*. Kinderen die het toestaan dat de moeder zich te ver verwijdert, worden opgegeten. Ze hebben onderzoek bij aapjes gedaan in Noord-India. Wanneer moeder en kind te vroeg gescheiden worden, kan het kind na de scheiding de moeder verstoten, of juist overdreven aan haar hangen. Dat patroon blijft zich op latere leeftijd herhalen.

Bij mensen schijnt het precies zo te werken. Mensen die als klein kind langere tijd van de moeder gescheiden zijn, ontwikkelen zich tot superafhankelijke, veeleisende, hysterische persoonlijkheden, die als aan hun eisen niet tegemoet wordt gekomen, kwaad en agressief worden – of, dat is de andere variant, ze worden geblokkeerd en zijn niet in staat tot diepe relaties, zoals je ziet bij gevoelsarme, psychopathische persoonlijkheden. Ontzettend interessant.'

'Dat is mij gelukkig allemaal bespaard gebleven.'

'Ach ja. Het gaat erom hoe je het ervaren hebt.' Ook uiterlijk was ze geen spat veranderd. Haar sensuele, volle mond was knalrood gestift en ze liep op stilettohakken. Ze sprak vol bewondering over de onderzoeksleider, op wie ze verliefd was geworden. Zij reikte hem de aapjes aan opdat hij de verschillende soorten gif kon inspuiten. In gedachten zag ik hoe Felicia hem gruizig aankeek terwijl ze met een watervaste stift de diertjes nummerde. Daar kon ik me wel iets bij voorstellen; Felicia op haar hakken met een kort rokje in een strak groen plastic laboratoriumjasje en van die rubber handschoenen, knus overuren makend tussen de apenhokken.

'Hij is een juli-mens, een leeuw – leeuwen passen heel goed bij mij,' zei Felicia vergenoegd. Ze deed denken aan het soort vrouwen dat werkte voor de Russische Geheime Dienst in Hollywood. Ja, dat was ze: een KGB-agente, gestuurd om westerse patenten los te peuteren. Ze was voor dat werk geschapen. Ik was bereid al mijn geheimen prijs te geven, mijn vaderland te verraden, moeder, Godfried, Dupont, Finn, alles. Vroeger gingen we meestal naar de duinen of het openluchttheater omdat de twee-onder-een-kap van haar ouders te gehorig was. Felicia viste de huissleutel te voorschijn en ging mij voor, het trapje naar de voordeur op.

De zitkamer zag eruit als de showroom van een Belgische meubelzaak: wekelijks in de was gezet eiken meubilair en veel glimmend koper. Ze onderschepte mijn blik.

'Kom, we gaan naar boven.'

Haar meisjeskamer lag aan de achterkant van het huis, met uitzicht over een verwaarloosde tuin met daarachter het spoor en een gigantische, uit golfplaat opgetrokken tennishal. In de verte waren de lichtmasten van de ijsbaan te zien. Onder het raam stond haar bed.

'Hoe is het met je broer? Heeft hij nog wat met die – hoe heet ze ook alweer?'

'Karin?'

'Ja. Karin-stop-hem-daarin.'

'Nee, al honderd jaar niet meer.'

'Wat doet hij nu?'

'Hij zit voor Dupont in Michigan, iets met pompen en zuiveringsinstallaties.'

Terwijl ze de kraan opendraaide, water in de elektrische waterkoker liet lopen en de stekker in het contact stak, keek ik naar haar tieten. Ze kwam naast me zitten, en gewoontegetrouw, alsof we elkaar gisteren voor het laatst gezien hadden, begonnen we een beetje te zoenen.

'Je bent een stuk voortvarender geworden,' lachte ze koket.

Liggend op haar bed kuste zij als vanouds: met haar hele lichaam, maar uit het feit dat mijn handen niet lager dan haar navel mochten komen, begreep ik dat zij geen sex wilde. Dat kon niet, om twee uur had ze een afspraak met haar apenonderzoeker, 'met mijn hoogstpersoonlijke Maarten 't Hartje'.

Ik keek op mijn horloge. 'Het is nog geen halftwaalf.' Voordat ik de kans kreeg haar te overtuigen kroop Felicia naar het voeteneind van het bed, knoopte mijn gulp open, trok mijn broek een decimeter of twee naar beneden en boog zich over mij heen. Het afgelopen jaar had ik een aantal korte verhoudingen gehad. Dit behoorde niet tot de opties voordat je minstens driemaal met de ouders en de hond op het strand van Zandvoort had gewandeld. De deur naar de gang stond wagenwijd open. De brievenbus in de voordeur, met het grote koperen naambord VAN SCHAIK, klepperde in de voorjaarsbries.

Een trein denderde over het spoor naderbij. Kreunend greep ik met twee handen haar hoofd vast. Luid knarsend zette het boemeltje de remweg naar het lokale stationnetje in.

Als een verslaafde die net zijn shot had gehad bleef ik liggen. Ik wilde mijn armen om haar heen slaan, tegen haar aan kruipen. Winterslaap, als een grote lome beer. Ik sloeg een poot naar haar uit. Ze was mijn eerste grote liefde. Ze ging rechtop zitten en keek uit het raam. Op de onmetelijke parkeerplaats bij de tennishal stond één auto geparkeerd.

Felicia draaide zich om, keek me monter aan, haalde de rug van haar hand langs haar mond en zei uit de grond van haar hart: 'Zo, niks gebeurd.'

'Ten noordoosten van Groningen draaiden de straaljagers rondjes totdat ze het enigszins infantiele commando kregen: "Your target is a yellow train." Om even voor vijf denderden ze over de stad. Op het moment dat de straaljagers op de trein neerdoken, dachten journalisten die verderop in een discotheek bivakkeerden, dat de trein gebombardeerd werd. Koeien renden in paniek weg. Rond de trein werd ingegraven trotyl tot ontploffing gebracht. Dat zorgde voor flink wat rook. Door de vortex van de korte Starfighter-vleugels ging dat wervelen. Ze vlogen met *full afterburn*, zoals dat heet, de vlammen sloegen langs de ramen. Het kabaal overschreed ruimschoots de pijngrens. Instinctief dook iedereen weg onder de banken. De kapers waren verlamd, precies zoals de bedoeling was. De scherpschutters deden ondertussen hun werk.

Het was aanvankelijk gepland dat de vliegtuigen één keer over de trein heen doken, maar de mariniers hadden meer tijd nodig of zoiets, de straaljagers kregen de opdracht nog een keer te duiken. Ook dat bleek onvoldoende, ze moesten een derde keer overkomen. Om de toestellen zo licht mogelijk te maken waren de tanks maar halfvol, de tiptanks aan de vleugels waren niet gevuld. Terwijl het inschakelen van de naverbranders extra veel brandstof kostte. Na de derde duikvlucht waren de tanks zo goed als leeg en moesten ze onmiddellijk terug naar de basis in Leeuwarden.

Zodra het vuren stopte, legden de mariniers de laatste meters naar de trein af. Met klevende U-vormige trotylramen werden de deuren aan de westzijde, de hoge kant, die door de Molukkers met touwen, fietskettingen en hangsloten waren afgesloten, uit de trein geblazen. Ze krulden open als sardineblikjes. De mariniers gingen met kogelvrije vesten aan op drie plekken de trein in, in groepjes van zes, de kleinste man voorop. Ze hadden het talloze malen geoefend, het gebeurde razendsnel. Grootste gevaar was het zogenaamde *blue on blue*: het op eigen manschappen schieten. Door het tijdstip en de rook was het zicht beperkt. De gegijzelden lagen boven op elkaar op de grond gedrukt onder en tussen de banken, met hun handen op hun oren, onder dekens weggekropen. De coupés leken verlaten. De mariniers hadden hun gezichten zwart geschminkt. Sommige gegijzelden dachten dan ook dat er nóg meer Molukkers de trein in kwamen.

Vijf van de negen kapers waren op slag dood. Zeven van die jongens sliepen in coupés met deuren die in de lengterichting van de trein openschuiven. Die moesten tegen het spervuur in bewegen om bij de deur te komen, de deur openen en dan de coupé uit. Dat is geen van de zeven gelukt. Het mag een wonder heten dat twee er levend uit zijn gehaald. Van de vier mitrailleurteams waren er twee op de kop van de trein gericht. De andere twee namen de twee daaropvolgende doelen voor hun rekening. De borduurwerkjes die de ruimtes van de kapers sierden, werden volledig doorzeefd.

De mariniers wisten niet wat ze aan zouden treffen. De twee kapers die achterin de wacht hielden, waren naar voren gerend. Een van hen was de tandartsassistente. De andere had een uzi. Het deel waar zij zaten was alleen met de semi-automatische Heckler & Kochs 5.65 onder vuur genomen. Waarschijnlijk was het meisje al geraakt. Ze kwam niet verder dan een meter of twintig. In het halletje bij de keuken van de restauratie werd ze gevonden.

De scherpschutter heeft haar lichaam nog gezien. Het

was onherkenbaar. Ze was zo vol met kogels gepompt dat ze helemaal opgezwollen was. Hij kon dat beeld niet meer van zijn netvlies krijgen. Hij vermoedde dat een marinier zijn zelfbeheersing had verloren en zijn magazijn op haar had leeggetrokken. "Shoot the women first" luidt de instructie die antiterreurbrigades krijgen. Vrouwen zouden genadelozer en fanatieker zijn dan mannen. Het typische was dat er geen wapen bij haar in de buurt is aangetroffen, in een cirkel van tien meter niet.

De kaper met de uzi heeft eenmaal geschoten. Hij trof een marinier in de arm en gaf zich toen over. Een van de gegijzelde mannen is omgekomen door een ricochetkogel. Zo'n trein bestaat grotendeels uit zachte metalen, geen echt staal, maar er zitten harde delen in, zoals die verticale stangen op de tussenbalkons. Daar zijn kogels op afgeketst en in lengterichting door de trein gevlogen. De man was astmatisch en kreeg op de vloer niet genoeg lucht. Hij is opgestaan en geraakt door een van de afgeketste kogels.

Hoe het gegijzelde meisje is gestorven blijft raadselachtig. Haar grootmoeder was Moluks. Zij is gevonden op een tussenbalkon. Er is een geheime geluidstape van de actie. Daar heb ik een stukje van gehoord. Je hoort de mitrailleurs en de vliegtuigen, een gigantische herrie, alsof de wereld vergaat. Het stopt, explosies van de deuren die uit de trein worden geblazen, de mariniers die de trein in komen.

"Hier beweegt er nog een!"

Je hoort *bupbupbupbupbupbupbup*. Dan wordt er geroepen: "Niet meer!"

Wat er zich precies heeft afgespeeld in die trein zal pas duidelijk worden als de tapes van de hele gijzeling ooit beschikbaar komen. Jammer genoeg is dat uitgesloten van de Wet Openbaarheid van Bestuur, dus dat zal er niet snel van komen. Eén marinier is na de actie oneervol ontslagen.

Het was oorlog. Een paar kilometer verderop lagen onze moeders te baren. We zijn oorlogskinderen, Octave. Besef je dat? Sterker nog, oorlogsslachtoffers.'

'Waarom doe je zoiets?' Moeder keek me dermate gekwetst aan dat ik grapjes maar achterwege liet. Ik weet niet hoe, maar ze had ontdekt dat ik bij Finn was geweest.

'Zoek de problemen niet op, Octave. Neem het van mij aan, je kunt het leven net zo gecompliceerd en rottig maken als je wilt.'

Ik perste mijn lippen opeen.

'Je moet dat niet doen. Beloof me dat.' Wanhopig: 'Hoe kan ik je overtuigen? Het is heel makkelijk jezelf naar de verdommenis te helpen. Kijk maar om je heen. Een stuk of drie, vier domme dingen op een rij en je zit in een hoek waar je niet meer uit komt. Je bent aardig bezig de laatste tijd.'

Ze doelde op het blijven zitten in de vierde klas, op Felicia, en op het vertrek van vader. Ze had gelijk, ik was als een kind dat zeepbellen blaast. Dat eerst niet gelooft hoe mooi de bellen door de lucht waggelen en het licht weerspiegelen, dat opgetogen kreten slaakt, en dan ziet hoe ze uit elkaar spatten. Onvermijdelijk. Alles wat mooi of de moeite waard was, liet ik vroeg of laat uit elkaar spatten.

Moeder schonk een glas Baileys in.

'Iets heel anders, wil je me morgen naar het ziekenhuis rijden? Niks ernstigs hoor, onderzoekje. Maar op mijn leeftijd toch verstandig om even naar te laten kijken, volgens Ritsema.'

'Ineens was het doodstil. De straaljagers waren weg, de machinegeweren zwegen. Een macabere stilte. Ooggetuigen vertelden dat dat het angstaanjagendste aan de hele actie was: die totale stilte na afloop.

De trein was omgeven door een blauwe damp. Staal, trotyl en kruit. De zon kwam op. De blauwe wolk trok weg en langzaam werd in de ochtend de gele hondenkop zichtbaar. Het plaatwerk zag eruit alsof er een zwerm dikke insecten op neergestreken was. Duizenden stippen, zwarte gaten. Zo meteen zou het bloed uit de deuropeningen en kogelgaten gutsen.

Vogels durfden niet te fluiten. Ook de koeien en paarden, die zo ver mogelijk van de trein waren weggevlucht, zwegen. Over het spoor naderden pantserwagens. Een stroom militairen, witte jassen met rode kruisen, brancards. En toen kwamen er tweeënvijftig mensen de trein uit, en acht doden dus. Sommige gegijzelden hadden negentien nachten zittend geslapen. Ze stonken een uur in de wind, naar stront, verzuurd zweet. De lucht van oude kaas. Eens in de drie dagen hadden ze zich met een bekertje water mogen wassen. Eén bekertje, daar kun je net je tanden mee poetsen. Ja, of je wapen in hangen, maar je wordt toch gedwongen tot een keuze, tandpasta bijt gemeen achter de voorhuid, vrees ik. De vloer van de wasruimte was spekglad. De trein stond hartstikke scheef, het was een toer op zich om je daar te wassen.

De gegijzelden hadden in het begin gezamenlijk gymnastiekoefeningen gedaan in het gangpad, maar je weet hoe het gaat met dat soort voornemens: na een paar dagen komt er de klad in. Eerst denk je dat vijf kniebuigingen in plaats van vijfentwintig ook wel goed zijn en het volgende moment maak je kruiswoordpuzzels onder het mom dat het belangrijker is de geest lenig te houden. Het resultaat was dat de helft van de mensen gesteund moest worden bij het lopen, of de trein uit getild.

Chaos. Je moet je voorstellen, de bevrijdingsactie was strak gepland, onder één commando, maar daarna waren er ineens verschillende instanties die zich ertegenaan bemoeiden. Rode Kruis, Militair Geneeskundige Dienst, loslopende psychiaters, misschien waren er zelfs wel wat geestelijken door het kordon geglipt, die hoopten in de verwarring hun graantje mee te pikken.

De gewonden werden per ambulance naar het Academisch Ziekenhuis gebracht. De overige gegijzelden werden naar de stands van het Rode Kruis begeleid, waar ze folders en stickers kregen aangereikt. Geintje. Er was een tentenkamp, daar kregen ze koffie en – ja dit is een fijn detail: ze kregen een polsbandje met hun naam om. Echt. Zij wel! Dáár was de voorraad polsbandjes van het AZG. *Onze* polsbandjes.

Het verliep allemaal wat stug en bureaucratisch. Na de formaliteiten werden vierenveertig ongedeerde gegijzelden in twee bussen naar het ziekenhuis gebracht. Onderweg werden ze juichend onthaald. Overal stonden mensen in hun pyjama's en ochtendjassen te zwaaien en te juichen, alsof er een bus met de winnaars van de Europacup passeerde. Voor het eerst beseften ze hoe er met hen meegeleefd was.

Ze hadden het meest geleden onder het gevoel dat ze volledig in de steek waren gelaten. Het enige dat ze hadden gezien, waren de stapvoets rijdende auto's op de grote weg en de kraam van Jan Patat. In het begin hadden ze nauwelijks te eten. Die frituurwalm woei hun kant op. Er werd gefantaseerd over kroketten, frikadellen en patatjes saté. Op zeker moment vergaten de Molukkers de radio uit te zetten, zodat de gegijzelden hoorden dat er in Assen vrijwilligers waren die aanboden hun plaats in te nemen. Dat was een enorme opsteker.

Bij de voorgaande kaping hadden de autoriteiten gezien dat je de slachtoffers niet direct moest laten gaan. Die hadden het achteraf moeilijk gehad, er waren nogal wat huwelijken gesneuveld. Men kon zich niet meer concentreren. Het verdringen van de ontberingen leidde tot problemen: slapeloosheid, hoge bloeddruk, traumatische herinneringen die onverwacht de kop opstaken, schrikken van iedere blauwe, dat soort dingen.

Daarom werden de gegijzelden ditmaal niet naar een hal met afwerkcaravans gebracht, maar naar het Academisch Ziekenhuis in Groningen. Eerst twee uur praten met iemand die ervoor doorgeleerd had. De bedoeling was dat ze nog een tijdje in het ziekenhuis zouden blijven. Daar had dus helemaal niemand zin in. De psychiaters en psychologen hadden geen uzi's of klewangs om hun therapeutische opvattingen kracht bij te zetten. Die dachten dat iedereen volkomen mesjogge uit die trein zou komen en hadden in de kelder een hele zaal met bedden klaarstaan. Maar na de verplichte douche liep een zwik gegijzelden zó het ziekenhuis uit. Een tweede kop koffie sloegen ze niet af, daarna was het mooi geweest. Toch werkte het opvangidee goed. De gegijzelden spraken misschien nauwelijks met de beroepskrachten, maar wel met elkaar. Verspreid door de ziekenhuisgangen zaten ze onbedaarlijk te huilen.

In het ziekenhuis miegelde het van de platte petten die de meute buiten de deur moesten houden. Om kwart over zes arriveerde de eerste ambulance. Een kwartier later werd de zwaargewonde Molukker bij chirurgie binnengereden. Meer dood dan levend. Hij zag eruit alsof hij in elkaar geslagen was door een stel mannen met strijkijzers. Spoedoperatie. Behalve hij was niemand in levensgevaar. Er waren zeven gewonden onder de gegijzelden, allemaal schotwonden en één brandwond, en verder natuurlijk nog een stel schrammetjes, hoofd gestoten en zo. De meeste gegijzelden konden dezelfde dag nog naar huis. Net als jij en ik.

Ik wilde weten wat er gebeurd was, of er een systeem in zat. Synchroon gebeuren er dingen die we niet voor mogelijk houden. Dat kán geen toeval zijn, denken we dan. We zijn beesten die betekenis willen geven. Maar er is geen betekenis. Het ís toeval. Stom toeval. Eén van die miljoenen details had maar anders hoeven te zijn en ík was niet Finn Jacobs maar Octave Dupont geweest. Eén futiliteit kan immense gevolgen hebben.

Weet je dat bijvoorbeeld vrijwel alle passagiers bij toeval in die trein zaten? Niemand had per se díé trein moeten hebben. De auto had gehaperd, ze hadden de vorige trein gemist, of hadden de avond daarvoor willen reizen maar te lang naar de televisie gekeken. Een aantal van hen zal zich wel suf hebben gepiekerd waarom hún dit moest overkomen. Maar er is geen *waarom*, hooguit een *hoe*. Dat is namelijk het enige dat er te weten valt.

Vanaf de eerste dag van de gijzeling verkeerde het AZG in een staat van oorlogsparaatheid. Chirurgen en verplegend personeel moesten dag en nacht bereikbaar zijn. Toch was het niet de vermoeidheid die tot een fout leidde. Het ziekenhuis was niet gewaarschuwd dat de kaping beëindigd ging worden. Dat was men op het moment suprême vergeten. De commandant Militair Geneeskundige Dienst bij de trein, die het ziekenhuis zou alarmeren, was met verlof. De chirurg en de anesthesist waren niet meer nodig. Ook het beleidscentrum zweeg.

Het gewondentransport van de trein naar de operatiekamers duurde veel langer dan gepland doordat de blarenprikkers van het Rode Kruis de zaken nogal formeel aanpakten. Hier, uit een intern rapport: "Zo stond men erop dat alle gewonden lokaal zouden worden geregistreerd. Dat kost tijd, en hoewel in het verleden [treinramp] bleek dat patiënten zoek kunnen raken, was daar bij de huidige kaping geen enkele kans op. Ook van het invullen van gewondenkaarten kon men niet afzien." "Weinig elastisch" wordt het eufemistisch genoemd.

Een geplande ramp is natuurlijk een zeldzaamheid, maar het ziekenhuis had de zaakjes strak voorbereid. Over vrijwel alles was nagedacht: er was controle bij de poort, alleen met een parkeersticker van het ziekenhuis mocht je het terrein op, dat soort dingen. Maar weet je waardoor het mis is gegaan?

De straaljagers. Die hebben de hele planning in de soep laten lopen. Door die straaljagers werden alle artsen en verpleegkundigen opgeschrikt. Ze zijn massaal op de fiets of in de auto gesprongen en naar het ziekenhuis gekomen. Uit dat verslag: "Pas na anderhalf uur kwam de eerste ambulance binnen. De kliniek stond intussen stampvol met chirurgen van allerlei specialismen, anesthesisten, röntgenologen, verpleegkundigen."

Zie je het voor je? Er was een handjevol gewonden. Hooguit dertig man waren nodig om die te opereren, maar er stonden twee- of driehonderd specialisten en verpleegkundigen te popelen om in actie te komen. Zoals ik zei, iedereen wilde M*A*S*H-dokter spelen. De witte en groene jassen krioelden door elkaar, liepen in en uit. De chirurgische kliniek, verloskunde en psychiatrie lagen vlak naast elkaar. In die gezellige, keuvelende, koffiedrinkende chaos zijn wij verwisseld. Niet door een tekort maar door een teveel, door het overschot. Wij zijn het symbool van deze tijd.

Toen Anouk naar buiten kwam, stond er een haag van fotografen en journalisten. Ze werd verblind door de flitslampen. Een journalist riep: "Hoe was het daar binnen?"

Als een verwonderd vogeltje stond ze daar, overvallen door al die aandacht. Volgens Bram heeft ze geantwoord: "Nou, zwaar, hè?" Er zouden wel tweeduizend foto's zijn gemaakt van ons drieën, maar daar heb ik er dus nog nooit één van gezien.'

Laat die avond ging de deur van mijn kamer open. Ik deed alsof ik sliep, lag met mijn rug naar de deur. Het linoleum kraakte. Ze kwam op bed zitten. Ik bleef als een plank liggen, de ogen gesloten. Moeders hand streelde zachtjes over mijn hoofd. Mijn haren gleden tussen haar vingers door.

'Het is niet goed. Er zijn dingen in het leven die verborgen moeten blijven, toegedekt,' zei ze.

'Het kwade kan al het goede verdringen. Begrijp je dat? Toen mijn moeder overleed, wilde opi dat ik haar zou zien. Dat beeld, van mijn dode moeder, ben ik nooit meer vergeten. Ik herinner me haar alleen nog maar als lijk. Bleek, zielloos. Ik was een klein kind, negen jaar. Die ene herinnering heeft alle andere weggevaagd.

En wat' – met twee handen greep ze mijn schouders vast – 'wat is er mis met ontkennen? We hoeven toch niet altijd de werkelijkheid onder ogen te zien?'

Ze liet zich over me heen zakken en omklemde me wanhopig.

'Beloof me dat je er nooit naartoe gaat, alsjeblieft. Ga nooit naar haar toe!' Haar gezicht lag tegen mijn achterhoofd. Ik rook de dranklucht uit haar mond.

'Je bent míjn jongen,' fluisterde ze.

Ineens werd ze heel zwaar. Ze lag bewegingloos. Ze sliep. Ik was klaarwakker en durfde me niet te verroeren. Pas toen het buiten licht begon te worden en de vogels hun psychotisch gefluit aanvingen, kreeg de slaap vat op me. Ik lag nog altijd in de houdgreep. Het begon te wennen. Het beviel me eigenlijk wel. Ze was trots op me. Ik was haar zoon, en de wereld zou het weten.

'Ze wilden het mij per se vertellen. Het was op een ochtend onder het tanden poetsen. Bram keek me aan in de spiegel en zei plompverloren: "Je bent ons kind niet." Ik heb me omgedraaid en ben de badkamer uit gelopen, naar mijn kamer, deur op slot. Ik wist dat het waar was. Stuitend blond was ik vergeleken bij die anderen. Vergeefs verfde ik mijn haar; rood, bruin, groen, zwart, alle kleuren heb ik geprobeerd, maar steeds werd het weer blond.

Anouk moest en zou bewijzen dat ze van mij net zoveel hield als van de anderen. Ze gaf me een aquamarijn, die steen hoort bij mijn dierenriemteken. Dat was eigenlijk het begin van die astrologiewaanzin van haar. Voor haar zijn de sterren en de planeten allesbepalend. Een deprimerende leer, *in the end* maakt het geen flikker uit wat wij doen.

Weet je wat een planeet is? Een niet-zelflichtend hemellichaam dat in een elliptische baan om een vaste ster beweegt, als een klein kind om de moeder. Van die ster ontvangt hij zijn licht en warmte. Een kind moet niet eindeloos domweg om de moeder blijven draaien. Hij moet het zélf doen. Toch?

Aan tafel werd het de anderen verteld. Er werd bij vermeld dat mijn echte ouders in een huis woonden waarbij Soestdijk een lachertje was. En dat ze niets van me wilden weten. Dat Soestdijk-verhaal ging als een lopend vuurtje door de school en het dorp, in de verbeelding van die Drentenaren werd dat iets kolossaals.

's Avonds in bed zag ik het voor me: mijn vader was een moordgozer in een strak pak. Ik liep rond in smoking, dook in niervormige zwembaden en liet in huis een eigen gymzaal installeren. Ik zou nooit hoeven te werken.

Ik zag hem af en toe op de televisie of in de krant, de president-directeur van de Dupont-machinefabrieken, maar ik kon hem niet aanraken of met hem praten. In gedachten schreef ik brieven. Soms schreef ik ook daadwerkelijk een brief, maar versturen deed ik ze nooit. Ik hunkerde naar zijn erkenning. Wereldkampioen taekwondo zou ik worden. Ze zouden mij op televisie zien en spijt krijgen. Eerst moest ik Nederlands kampioen worden, daarna wereldkampioen, tot ze niet meer om me heen konden. Jammer genoeg kwam ik niet verder dan Drents kampioen. Dat haalde de voorpagina's noch het achtuurjournaal.

Op een dag heb ik het uit mijn hoofd gezet. Ze zochten het maar uit. Ik had ze niet nodig, niemand eigenlijk. Ik ben dat broeierig warme nestje ontvlucht, naar Amsterdam verhuisd. Vijf maanden geleden was dat, ik was nog maar net zestien. In het bovenhuis woont een kunstschilder die Bram van vroeger kende, die zou een oogje in het zeil houden. Behalve het eerste weekend heb ik die vent nooit meer gezien. Ik zou hier verder gaan met de Vrije School. Ik ben er één dag geweest. Een vrijplaats voor gekken is het, een legale sekte.

Wij zijn niet uit hetzelfde hout gesneden, we begrijpen elkaar niet, vooral Bram en ik niet. Met die lullige stukjes van 'm. Hij denkt dat ie een schrijver is. Heb je dat boek van 'm gezien?'

'En Anouk, hoe is zij?' vroeg ik.

'Anouk? Dat is een schat. Ze heeft precies dezelfde oogopslag als jij. Ze zweert bij die antroposofische lulkoek en stroomt over van liefde. Liefde, liefde, liefde. Op het dwangneurotische af. Die jaren zeventig-sfeer, euritmie en die hele klerezooi – ik ben daar allergisch voor geworden. "Kinderen weten zelf wel wat goed voor ze is", alles mocht. Vrijheid, gemakzucht zul je bedoelen. Zij behoren tot de generatie die alles vertrut heeft – de Deltawerken waren klaar, het was tijd voor het inzaaien van de perkjes en de wittefietsenplannen. Die bloemenkinderen hebben iedere bevlogenheid de das omgedaan. Weet je, zij komt uit een streng rooms gezin. Die fanatici; als ze de van huis uit meegekregen leer overboord gooien, komt daar iets voor in de plaats dat ze nog honderd keer meedogenlozer aanhangen.

Maar het blijft ondertussen dezelfde primitieve beestenbende. De drang tot reproductie is groter dan wat ook. Iedereen trouwt maar en maakt kinderen, en waarom? Dat vraag ik me weleens af: waarom altijd die kinderen? Voor de gezelligheid? Voor de sex? Daar hoef je het niet voor te doen, genoeg loslopende vrouwen. En anders is er altijd nog de rukcarrousel.'

'De wat?'

'De rukcarrousel, waarin alle beelden die de moeite waard zijn opgeslagen worden. Het geheugen is niks anders dan een serie diabeeldjes. Je bepaalt zelf welke je inraamt. En als je het helemaal niet meer weet, wil een nummer uit de losse verkoop van *Horny Housewives* nog weleens helpen, een paardenmiddel, maar goed.

Trouwen, kinderen maken – pure wanhoop. Ik doe niet mee aan dat circus, dat heb ik me vast voorgenomen. Iedere vorm van familie is als een wurgkoord. Eerst heb je het niet door, maar dan wordt het langzaam aangetrokken. Dan begint het te knellen rond je strot. En weet je, die intimiteit, die liefde, die krijg ik zo ook wel. Daar hoef je niet voor te trouwen. Dan zie je in de supermarkt zo'n moedertje met een kind. Dat kind wil een zak chips en die moeder zegt: "Nee, je krijgt geen chips want je hebt al een pak koek." Dan loop je naar die moeder en zegt met je breedste smile: "Ah kom, geef hem nou die zak chips, hij is zo lief!" Je kijkt haar een beetje aan, glimlacht, en dan krijgt dat kind zijn zak chips – kind blij, moeder blij, iedereen blij. Kijk, daarvoor hoef je niet getrouwd te zijn! En als je dan bij de kassa wegloopt en nog een keer naar dat kind wuift, dan zegt ie tegen zijn moeder: "Wat een aardige meneer was dat." En die moeder denkt precies hetzelfde: wat een leuke jongen. Snap je?'

Finn hing op de rode bank als de maharadja van Jaipur. 'Lust for life' van Iggy Pop speelde op de achtergrond. 'Yeah, something called love; that's like hypnotizing chickens.' Hij haalde een groot vloei te voorschijn en scheurde een reepje karton van de verpakking. Terwijl hij geconcentreerd voorovergebogen zat, rolde hij die strak op tot een minuscule cilinder. Buiten begon een nieuwe dag, mensen te voet en op de fiets spoedden zich over de gracht.

'Denk je...' vroeg ik zacht. Té zacht.

'Waar ik dus helemaal niets van snap, zijn mannen die getrouwd zijn en hun gezin verlaten voor een jong dakkie. Dát begrijp ik nog wel, maar dat ze dan met dat mokkeltje weer van voren af aan beginnen – trouwen, kinderen, de hele flikkerse bende. Dat is me een raadsel.'

'Denk je,' vroeg ik luider, 'dat ze mij zouden willen zien?'

Finn stopte met praten en trok plooien in zijn voorhoofd alsof hij nadacht. Hij bouwde het jointje af, bestudeerde het, klemde het tussen zijn lippen, stak het aan, inhaleerde diep, blies een kolom blauwe rook uit en keek me recht aan. 'Eerlijk gezegd lijkt me dat uitgesloten.

Anouk heeft alles wat met jou te maken had in het vuur gegooid. Papieren, foto's, brieven, onderzoeksuitslagen; de hele klerezooi.'

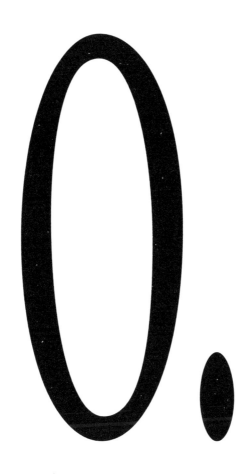

DERDE DEEL

'Het kind weet alles. Het leven is al in hem, zoals ook één enkele druppel de zee in zich bergt.'
  Béla Pomogáts over *Einde van een familieroman*
                                    van Peter Nádas

Als een roversnest lag de boerderij tussen de bomen en struiken verscholen. Een pannendak met scheve schoorstenen. Uit een ervan steeg dunne rook omhoog. Ten minste eenmaal moest ik langs het huis rijden, om te kijken. Eventueel gooide ik een briefje in de bus. Als ze me zagen, kon ik me altijd voordoen als een verdwaalde reiziger.

Er zaten diepe kuilen in het weggetje. Stapvoets passeerde ik de boerderij. De kozijnen waren blauw geschilderd. Binnen was het donker. Het pad liep dood in een maïsakker. Aan het eind zette ik de motor af; het contactsleuteltje hield ik vast. Honden sloegen aan. Ik schrok. Vijf ruwharige zwarte beesten, vuilnisbakkenras, kwamen op de auto af gerend. Behoedzaam opende ik het portier. De honden verdrongen elkaar, wie het eerst aan mijn kuiten en kruis mocht snuffelen.

'Rustig maar, rustig maar,' zei ik bezwerend. Ze begeleidden me op mijn weg naar het huis, als politieagenten die een arrestant opbrachten. Tegen de buitenmuur was een houten plaat getimmerd met de tekst: NIEMANDS MEESTER, NIEMANDS KNECHT. Mijn keel was droog. Ineens voelde ik me belachelijk. Zonder Esthers komst af te wachten was ik in één keer vol gas van Duinzigt naar Drenthe gereden. Ik moest en zou het huis vinden. Adrenaline spoot door mijn lijf – zolang ik honderzestig reed. Dat was nu over. Wat kwam ik hier doen?

Onder de hooimijt kraaide een haan en tokte een stel kippen. Rechts naast het huis was een taps toelopende muur van Gaudiaans metselwerk. Grasmaaien was niet de hobby van de bewoners. Twee varkens lagen in een modderpoel te rollen. De honden bleven in een cirkel om me heen staan. Er was een kleine glazen deur. Tientallen malen had ik me voor de geest gehaald hoe ik hier zou komen, hoe mijn wijsvinger fier de bel zou indrukken, hoe de deur zou openzwaaien en zij daar zou staan. Er was geen bel.

Met mijn knokkels klopte ik driemaal op het glas en wachtte. De honden keken naar me op en kwispelden verwachtingsvol. Er gebeurde niets. Nog eens, harder. Ik voelde voorzichtig aan de klink. Hij gaf mee. Ik opende de deur op een kiertje en stak mijn hoofd naar binnen.

'Hallo! Is daar iemand? Hallo?'

Geen reactie. Ik duwde de deur verder open. Erachter bevond zich de deel van de boerderij. De ruimte was bijna even hoog als diep en stond afgeladen vol. Het leek een museum waarvan de directie moeite had te besluiten wat de definitieve collectie ging worden: natuurhistorie, archeologie of moderne kunst. De muren waren behangen met vogelkooitjes, tekeningen, schilderijen, opgezette beesten en curiosa. De kamer rook naar honden, vogels, appeltaart en kaarsvet. Op een lange houten tafel achterin stond een kandelaar met brandende kaarsen. Ik kuchte.

'Hallo! Hallo! Is er iemand?'

In de verte hoorde ik een klap. Ik rechtte mijn rug en liet mijn armen langs mijn lichaam hangen. Mijn handen voelden klam aan. Een deur zwaaide open. Uit de schaduw schoof een rijzige vrouw de kamer in. 'Ik dacht al dat ik een auto hoorde,' zei ze.

Ze stond voor een raam met stukjes gekleurd glas. Het zonlicht ketste om haar heen.

'Ik zag nergens een bel, daarom ben ik maar naar binnen gelopen.'

Heel even leek het alsof ze haar evenwicht zou verliezen. Met voorzichtige stappen liep ze op me af. Nu wordt ze woedend, dacht ik, en zette me schrap. Op anderhalve meter stopte ze. We staarden naar elkaar.

Het was alsof ik in de spiegel keek.

Het was het jaar nadat moeder was gestorven. Dankzij Elvis, 'de baron', woonde ik in Finns oude huis in de rosse buurt. Elvis was acht jaar ouder dan ik en maakte niet de indruk ooit nog te zullen verhuizen. Finn zagen we niet meer. Het laatste dat we hoorden was dat hij een baan had in de reclame.

Celestine stuurde een kaart uit de Verenigde Staten. Zo'n hyperrealistische foto van een campus, groen loof, fonteinen. Ze had het enorm naar haar zin. Ik zag voor me hoe ze in shorts over de campus skeelerde, als in een reclamespotje van Pepsi-Cola. Was ik jaloers? Ik schreef haar niet terug, ik had geen zin om te liegen, en nog minder om tegenover haar mijn miezerige bestaan bloot te geven. Ik droomde vaak dat ik viel. Met een noodgang tuimelde ik door het duister naar beneden.

's Avonds en 's nachts zwierf ik door de stad. Ik ging naar clubs waar de muziek te hard was voor conversatie. Tegen muren en pilaren geleund keek ik naar dansende meisjes. Eigenlijk deed ik dat het liefst. Soms ging ik naar college, af en toe naar een werkgroep. Ik hield me meestal afzijdig.

Elvis had me opgedragen om, mocht ik ooit dreigen te bezwijken voor een van de dames uit de buurt, even aan de glimmende pedaalemmer in de hoek van de kamer te denken. Wanneer ik laat over de gracht strompelde op weg naar huis, teleurgesteld dat ook deze nacht mijn leven niet veranderd was, hield ik soms halt voor de verlichte ramen en keek naar de aanlokkelijke lichamen. De vrouwen lachten naar me en wenkten me met al hun vlees. Ik verlangde naar een lichaam, naar armen om me heen, naar intimiteit, naar troost. De drank erodeerde mijn kritische vermogen en mijn verlegenheid. Ik was een makkelijke prooi. Maar dan, in de roodverlichte nacht, zwenkte een deksel met een klap omhoog en werd een verfrommelde tissue op die enorme berg besmeurde tissues en condooms geworpen en stond ik weer met beide benen op de grond.

Wat ik ook probeerde, ik vond geen positie waarin ik los van alles en iedereen kon opereren. Ik kwam er nog het dichtst bij door mijn ambities omlaag te schroeven. Leven met zo min mogelijk verwachtingen. Onvervulde verlangens fnuiken het geluk. Mijn strategie was in twee woorden samen te vatten: laag inzetten.

Als er zich sombere, knagende gedachten aandienden, begaf ik me naar de kamer van Elvis. Meestal zat hij achter zijn computer een gewelddadig spelletje te doen en keek niet op voor de gehele populatie van het kale flatgebouw was uitgemoord. Hij zette me op het spoor van Bukowski, William Burroughs, Jack Kerouac, Céline. Non-conformisten. Buitenstaanders. Ik verslond ze. Je moest je verre van de maatschappij houden en je laten leiden door je instinct. Ik las als een bezetene, ook over erfelijkheid, cellen, genen en dat soort dingen. Ik lag op mijn bed, staarde naar het plafond. Ik kwam zo min mogelijk het huis uit.

Een cel die met een virus is besmet kan zichzelf vernietigen, en daarmee het virus. 'Suïcidaal altruïsme' wordt dat genoemd. Verdere verspreiding van het virus wordt voorkomen. Door te sterven vergroot de cel de levenskansen voor de overige cellen.

Het gevaar bestaat dat een parasiet misbruik maakt van het altruïsme van cellen. Om massazelfmoord te voorkomen, om te voorkomen dat de cellen bij iedere inbreuk onmiddellijk tot harakiri overgaan, hebben meercellige organismen een radar ontwikkeld om eigen en niet-eigen te onderscheiden. Het groene-baardeffect wordt dat genoemd; een gen zou als herkenningsteken een groene baard kunnen hebben, waardoor hij als 'eigen' wordt herkend.

Hebben pasgeboren baby's een groene baard? Is er iets waardoor een ouder zijn eigen genen herkent in zijn kind? Wellicht op een niveau dat buiten de bewuste waarneming valt? Van baby's wordt altijd tot vervelens toe gezegd dat ze op hun vader lijken. Vaders reageren daar meestal sceptisch op. Daar hebben ze ook alle reden toe. Het vaderschap moet bevestigd worden teneinde de man te overreden in het kind te investeren en het niet te verwaarlozen of te doden.

In de dierenwereld komt kindermoord door de niet-biologische vader veel voor. Het vrouwtje gaat daardoor weer sneller ovuleren en de kans op bevruchting door het mannetje dat het kroost heeft gedood neemt toe. Bij de mens hetzelfde liedje; infanticide door stiefouders, vooral stiefvaders, komt zestig keer zo vaak voor als door biologische ouders. Dus dat de kleine zo op pappie lijkt, kan niet vaak genoeg herhaald worden.

Streeft de natuur naar anonimiteit of naar herkenbaarheid van pasgeborenen? Lijkt een baby de eerste weken na de geboorte werkelijk meer op de vader, of is dat een universeel leugentje om bestwil? Voor de vader en de genen van de vader is de groene-baardstrategie aantrekkelijk, voor de moeder de anonieme strategie. Want anonimiteit verkleint de kans op infanticide.

Opmerkelijk is dat een aantal genen dat het uiterlijk bepaalt pas na een tijd op gang komt; de genen die de pigmentatie van de iris bepalen bijvoorbeeld, waardoor alle blanke kinderen met blauwe ogen ter wereld komen. En ook de haarkleur staat bij de geboorte nog niet vast. Het uiterlijk ontwikkelt zich gaandeweg.

Het beste bewijs dat de natuur naar anonimiteit streeft ben ikzelf misschien wel. Niemand heeft een groene baard gezien. Of ze hebben die dag niet goed opgelet, dat kan ook nog. Vader stond natuurlijk met zijn neus tegen het glas gedrukt naar de af en aan rijdende ambulances en cameraploegen te kijken. Het is de taak van de vader scherp te blijven en de ogen open te houden. De moeder is verblind en zou willekeurig welke baby liefdevol in de armen sluiten. Met het vruchtwater is haar verstand weggespoeld.

Het was een regenachtige vrijdagmiddag. Elvis en ik lagen onderuitgezakt voor de tv. Ik was net uit bed en at een opgewarmde cheeseburger. Een voorjaarsbui geselde de ramen.

De deurbel snerpte.

'Dat is vast voor jou,' zei ik met volle mond.

De bel ging nog eens. Elvis klom van de bank en liep, met een zak chips in zijn hand, naar de voorkant van het souterrain. Bij het raam helde hij over de vensterbank en loerde naar de voordeur.

'Een of andere bijbelverkoper.' Zuchtend sjokte hij terug. Opnieuw werd de bel ingedrukt. Geïrriteerd draaide Elvis zich om, bonsde een paar maal op het raam en riep: 'Verderop! Hier zijn geen hoeren! No whores! Kein fuckie-fuckie! Daar! Dort!' Hij wees naar de overkant.

Een silhouet verscheen voor het raam. Een man in regenjas. Oom Arthur! Jezus. Ik wilde opspringen, maar mijn benen waren te slap. Hij had mij al gezien. Door het raam gebaarde ik naar de voordeur en probeerde intussen te glimlachen. Het huis had geen achterdeur om door te ontsnappen. Ik moest opendoen.

'Oom Arthur, komt u binnen,' riep ik vals verheugd en liep achterwaarts de gang in, bang hem mijn achterhoofd toe te keren. 'Wat een verrassing.'

'Ik was in de buurt. Ik dacht: ik kijk of hij thuis is. Ik moet even met je praten.'

Hij was kletsnat, zijn haar zat op zijn hoofd geplakt. Dat hij door deze verloederde buurt had moeten zwerven, dat alleen al moest hem uit zijn humeur hebben gebracht. Ik opende de deur van mijn kamer op de bel-etage.

'Let u niet op de rotzooi. Ik moet zo hard studeren dat opruimen erbij inschiet.'

'Dat begrijp ik. Wie was dat daarnet, die jongen?'
'O, een studiegenoot.'

Mijn kamer was klein maar had goed zicht op de sextheaters. Op de grond lagen een grote groene plunjezak en gore zwarte kleren. Het dekbed hing half van het bed. Celestine. Hoe kón ze? Net iets voor een vrouw om geen geheim te kunnen bewaren. De moeilijkste van alle kunsten: zwijgen. Oom Arthur trok zijn druipende jas uit, een driedelig grijs kwam te voorschijn. Hij was een gedrongen, stevige vent. Hij mocht bijna zeventig zijn, als hij wilde kon hij me nog steeds als een kip de nek omdraaien.

Bij een groot oliebedrijf was hij verantwoordelijk geweest voor de beveiliging. In het Midden-Oosten. Daar had hij weet ik wat voor smerige trucs uitgehaald. En nu kwam hij de eer van zijn dochter redden. Hij wist precies waar hij me moest raken om me direct tegen de grond te slaan.

'Wilt u iets drinken?'
'Nee, nee, dank je, Octave. Ik heb de hele middag hier om de hoek zitten vergaderen in The Grand. Wat heb ik daar toch een hekel aan – aan dat gelul.'

Ik moest het gesprek gaande houden: 'En, hoe gaat het met *the one shot antilope hunt*? Bent u er weer bij dit jaar?'

'Jazeker. Ze zijn er allemaal weer bij: het team van de astronauten, de gouverneurs, de journalisten.'

Zijn blik ging door de kamer, hij liep naar het raam, weg van het bed. Zijn schedel glom aanlokkelijk. Moest ik hem voor zijn? In de hoek onder mijn bed lag een honkbalknuppel. Hij was van het merk Homerun, ik kon de nerven in het gele hout zien. Alleen, ik kon er niet bij.

Ineens kon het me niet meer schelen. Eigenlijk verlangde ik ernaar dat hij me bewusteloos sloeg. Mepte hij me maar helemaal tot moes. Ik liet de kleren pardoes uit mijn handen vallen, schoof ze op een berg in de hoek en ging weerloos voor hem staan. Toe, doe het. Ik had het verdiend.

'Nou, zegt u het maar.'

Hij leunde in de vensterbank, zijn ogen op de grond gericht: 'Jongen, de dood van An, je moeder – was een moeilijke tijd, voor ons allemaal.'

Oom Arthur keek me vluchtig aan. Ik ontweek zijn blik.

'Voor An is het niet altijd makkelijk geweest om van je vader afhankelijk te zijn. Ze was geen onderdanig type, om het zo maar te zeggen.'

Hij lachte verontschuldigend.

'Mijn lieve zusje is zo verstandig geweest een en ander op papier te zetten. De notaris, een boekhouder en een advocaat zijn er even mee aan het stoeien geweest. Die hebben nu alles rondgebreid. Voor jou betekent dat...'

Hij was niet gekomen om mijn armen en benen te breken omdat ik de eer van zijn dochter had bezoedeld. De opluchting maakte me licht in het hoofd. Ik keek naar zijn traag bewegende mond terwijl een duivels stemmetje in mijn hoofd fluisterde: 'Wat hebt u toch een lekkere dochter, wat hebt u toch een ontzettend lekkere dochter.'

Hij begon te stralen alsof hij de hoofdprijs in de loterij ging uitdelen. 'Je krijgt het huis.'

Een huis? Ik?

'Duinzigt?'

'Ja, Duinzigt.'

Het panorama ontvouwde zich voor mijn geestesoog. Uitzicht op de duinen. Zitkamer, keuken, badkamers, open haard, laan van grind, rozenperken, feesten, partijen, orgieën, dansende naakte vrouwen met bloemenkransen in het haar.

'Samen met Godfried, neem ik aan?'

'Nee, die krijgt het chalet en aandelen. Bovendien heeft je vader nog een en ander voor hem gereserveerd. Die heeft zo zijn eigen ideeën over hoe de zaken verdeeld moeten worden, maar jullie krijgen ieder uiteindelijk een kindsdeel.'

Oom Arthurs blik vertroebelde even. Hij sloeg een stofje van zijn flanellen broek.

'Het is nu bijna geregeld. Er moet nog wat water naar de zee stromen voordat het helemaal rond is, maar je zult binnenkort door de notaris uitgenodigd worden. Ze is altijd zo dapper geweest.'

Hij schudde zijn hoofd.

'Ik laat me ieder jaar helemaal nakijken, van top tot teen, volledige check-up. We zijn erfelijk belast, het zou stom zijn dat niet te doen, jezelf voor de gek houden. Ik eet ook nauwelijks meer vlees. Maar verder is het natuurlijk *keep your fingers crossed*.'

Hij stak zijn middel- en wijsvinger gekruist in de lucht. Ik deed hem na en stak mijn gekruiste vingers als een soort steunbetuiging omhoog. Het had iets van een padvinderseed.

'Rook jij?'

'Nee, nooit gedaan ook.'

'Goed, héél goed.'

Hij staarde naar de grond. 'Ik heb het nooit goed begrepen, waarom het zo is gelopen. Waarom ze uit elkaar gegaan zijn. Doodzonde. Uiteindelijk is iedereen erop achteruitgegaan.'

Oom Arthur schudde weer zijn hoofd.

'Je vader zag zichzelf als slachtoffer. Dat is jammer. Het is makkelijk een ander de schuld te geven. Hij was bang, verlamd door angst.'

'Waarvoor dan?'

Oom Arthur pakte met twee vingers zijn trouwring vast en draaide die rond zijn vinger alsof hij een speelgoedje opwond.

'Vanaf de dag dat die vent aanbelde was hij zichzelf niet meer. Dat jij erachter zou komen dat hij je vader niet was, die gedachte kwelde hem. Liet hem niet meer los.'

Oom Arthur ademde met een diepe zucht uit, klapte resoluut in zijn handen en stond op.

'Zie je hem nog wel af en toe?'

Ik schudde mijn hoofd.

'Treurig. Maar ik kan me er wel iets bij voorstellen. Misschien moet je het nog een kans geven. Ga er een keer naartoe, het is niet meer dan een paar uur als je even doorrijdt. En kom binnenkort in ieder geval eens op de Savelberg langs. Dan hebben we het er rustig over. Tante Ghislaine wil je ook graag zien.'

Hij greep zijn jas en liep de gang in. Ik volgde hem. De voordeur ging krakend open. De lucht kleurde beloftevol roze. Boven aan het trapje gaf hij me een stevige hand en hield de mijne vast.

'Ooit zul je ontdekken hoe kwetsbaar je bent in je kinderen,' zei oom Arthur. 'Hou je goed.' Soepel liep hij de trap af, stak joviaal zijn hand op en verdween in de voortsjokkende mensenmassa.

Een maand later stapte ik in de trein. Met een sporttas over mijn schouder liep ik naar huis, zoals ik dat honderden keren eerder gedaan had. Alleen wachtte nu niemand op mij. De straten waren leeg, in het dorp leek het altijd zondag, maar dit was de zondag na de atoombom. De luiken van Duinzigt waren dicht, onherroepelijk, alsof het huis voorgoed de moed had opgegeven. Onder het afdak bij de houtschuur stonden nog altijd vuilniszakken gevuld met dood blad, als een luguber ontvangstcomité. Niemand had de moeite genomen ze bij de weg te zetten. Drieënveertig zakken in totaal.

Het grote verlaten huis maakte me somber. Nadat Jenny naar een flatje in Hellendoorn was vertrokken, had het bijna een jaar leeggestaan. De ramen zagen eruit als ogen zonder wimpers en wenkbrauwen.

In de tweede week belde Tina en bood aan me te komen helpen. Op een vrijdagavond kwam ze, de achterbank van haar auto volgestapeld met oude gordijnen. Ze waren of te lang of te kort. Om de beurt klommen we op het keukentrapje, dat indertijd was aangeschaft opdat Jenny met de Glassex bij de bovenlichten kon. Met twee handen hield ik de gordijnen zo hoog mogelijk in de lucht, terwijl ik twee treden onder Tina stond en zij de haakjes in de daarvoor bedoelde oogjes op runners aan de rail frummelde.

In de maanden na moeders dood was achter vrouwen aan zitten mijn voornaamste bezigheid geweest. Al het andere was ondergeschikt aan een blind verlangen naar coïtus. Als ik een vrouw was geweest, had men mij een slet genoemd. Met wie maar wilde dook ik de koffer in – een uitdrukking van moeder. Op alles met een rok aan werd ik in die tijd verliefd: Hema-meisjes, Mazzo-meisjes, meisjes in de trein, meisjes in de kaaswinkel, het maakte niet uit. Godfried, die zelf over een bovengemiddeld libido beschikte, vergeleek me met een loopse teef. Gelukkig was dat obsessieve nu tanende.

Terwijl Tina het keukentrapje op en af klauterde, haar tieten op vijf centimeter van mijn gezicht, bleef ik van haar af. Ook toen we in de keuken koude witte wijn dronken en zij met haar harde billen tegen het aanrecht geleund stond, raakte ik haar niet aan. Harde billen zijn onweerstaanbaar, maar ik wilde iets bewijzen. Namelijk dat ik mijn handen thuis kon houden. Want zij was anders.

Ik had de oude kamer van Jenny voor haar klaargemaakt, op een andere verdieping dan de mijne en met een eigen badkamer. Niet de kat op het spek binden, noemde moeder dat. Toen Tina me voorging de trap op, bleef ik nog steeds van haar af.

Ik had het bed opgemaakt, de vloer gestofzuigd, alle troep in de kast gegooid en de deur op slot gedraaid, twee handdoeken en een waslapje op het kussen klaargelegd, een staande lamp uit de zitkamer naar boven gesleept en naast het bed gezet, de lamp al aangedaan zodat de kamer in zacht licht gehuld was, een vloerkleedje op de versleten plek in het kleed gelegd. Ik was de trap zeker tien keer op en af gelopen om het er prettig te maken.

Toen ze de kamer zag, glimlachte Tina. Ik zette haar tas op de stoel naast het bed.

'Nou, slaap lekker,' zei ik, en liep snel naar de deur.

Ze keerde zich naar me om en trok haar mohair truitje uit. 'Stop je me niet in?'

Ik keek naar een punt op de vloer, een meter voor haar voeten. Onder de trui droeg ze een T-shirt van The Rolling Stones. Ze liep naar me toe, legde haar armen over mijn schouders en begon me te kussen. Zo is het gegaan.

Sindsdien waren we onafscheidelijk. Ze was uitgesproken, ze had temperament, studeerde briljant econometrie. De vlammen sloegen me uit als ik haar geconcentreerd zag studeren in haar statistiekboeken. Ik word altijd verliefd op meisjes die geconcentreerd iets doen, of iets goed kunnen, wat vaak samengaat. Concentratie is de ware schoonheid. De formules die ze neerschreef zagen er even geniaal als hermetisch uit. Ze verenigde eigenschappen en talenten in zich die bij mij niet tot wasdom waren gekomen. Bij haar vond ik het deel van mijn leven dat ik uit mijn handen had laten glippen.

In moeders kast hingen ongeveer vier meter rokken, jurken en jassen. Daar liep Tina nu in rond. Ze had wel langere benen dan moeder, goddank, maar voor de rest zat het als gegoten. De bontjas met de wit hermelijnen kraag stond haar geweldig. Ze droeg hem 's avonds en 's nachts in en om het huis. Een Azerbaidzjaanse prinses was ze, met haar grote ogen, hoge jukbeenderen en lange bruine haar.

Het derde weekend dat ze zou komen, had ik een papiertje achter het raampje van de voordeur gehangen. Daarop stond in grote letters:

Programma voor vrijdagavond 16 juli 1998:
1 Schommelen met champagne
2 Harde sex
3 Zwitserse kaasfondue

N.B.: De programmapunten 1 en 3 kunnen worden gewisseld of overgeslagen.

Ze arriveerde om halftien. We werkten de programmapunten af in de voorgestelde volgorde. In dat weekend was het gebeurd.

Niemand mocht ons zien. We zaten weggedoken in een hoekje. Een ober bracht een koeler met een slanke fles mousserende wijn. Haar ogen fonkelden. Vangen de ogen van verliefde mensen meer licht? Af en toe stak ze haar hand onder de tafel en streek over haar buik terwijl ze mij recht aan bleef kijken. We konden de kaart nauwelijks bestuderen omdat we steeds naar elkaar keken en dan moesten lachen of in de lucht kussen.

'Andijviestamppot?' vroeg ik.

Dat was haar lievelingskostje. Als meisje koos ze als verjaardagsmenu steevast andijviestamppot met spek. De teleurgestelde gezichten van de feestgangertjes die op frietjes met appelmoes, mayonaise en knakworstjes rekenden. God, wat was ik verliefd.

Op een doordeweekse dag in september stond ze zomaar ineens op de stoep. 'Ik moet je iets vertellen.'

Ze ging me vertellen dat er een ander was. Het was gebeurd toen ze in Brussel was. Ik had al zo'n vermoeden. Als het voor één nacht was, dan zou ik haar vergeven. Ze liep de zitkamer in. Ik volgde haar. Ze draaide zich om en zei zacht, alsof ze een zonde opbiechtte: 'Ik ben zwanger.'

Dat kan niet, dacht ik, ik ben zelf nog een kind. Ik voelde me al te klein voor dit grotemensenhuis, een huis met een voordeur, een carport, een buitenlamp, een buurman om ruzie mee te maken, een zitkamer met haard, pook en haardscherm, een eetkamer, een zolder, noem maar op, een wijnkelder zelfs. Dit ging te snel.

'Lieverd, hoelang weet je dat al?'

'Sinds gisteren, gisteren heb ik een test gedaan.' Ze zag er breekbaar uit en keek nog steeds angstig. Wat was er aan de hand? Wilde ze mij eigenlijk niet? Was ik de vader niet?

'Ik heb een paar dagen de pil niet genomen, de strip lag nog in Amsterdam. Ik dacht dat dat wel kon. Ik was zo bang dat je niet blij zou zijn.'

'Ik vind het geweldig. Geweldig.'

'Echt?'

'Echt!' Ik pakte haar bij de schouders en trok haar mee op de bank, waar we languit gingen liggen. Ik wiegde Tina heen en weer, net zo lang totdat ze sliep. Vader, dacht ik, ik word vader.

We hadden nóg iets te vieren; daarom zaten we in deze opgepoetste tent met uitzicht op zee. Ik had mijn eerste baan. Die ochtend had ik het contract getekend en het plechtig overhandigd aan mijn nieuwe baas. Wie had dat gedacht? Bij een uitgeverij nog wel.

'Je kunt bestellen wat je wilt.' Ik woof met mijn hand over de kaart. Ze hield ervan als ik me als een proleet gedroeg. Zeewolf met frietjes koos ze.

Nauwgezet nam ze ieder frietje tussen duim en wijsvinger, alsof het een gouden vulpen was, en dipte – haar pink los van de andere vingers – beide uiteinden in de mayonaise. Ze vatte het leven op als een bloedserieuze zaak. Iedere handeling werd verricht met een toewijding en overtuiging die mij vreemd waren. Als we pingpongden – ik had de pingpongtafel in de zitkamer gezet –, had ze een Bettine Vriesekoop-blik in haar ogen die mij de slappe lach bezorgde. Ik vroeg haar waarom ze de frietjes aan twee kanten in de mayonaise doopte.

'Omdat er anders aan één kant geen mayonaise zit,' antwoordde ze zonder op te kijken. Verder genoot ze van de aanblik van majorettes en fanfare. Als klein meisje had ze gedroomd van die witte kousen en zo'n rood jurkje, maar het was haar door haar moeder ontzegd. De bekentenis dat ze van haar dertiende tot haar zestiende dag in dag uit afwisselend gloeiend heet en ijskoud had gedoucht omdat ze in een Duits meisjesblad gelezen had dat je borsten daarvan groeiden, had mijn hart wagenwijd opengezet. We waren tweeëntwintig. Als ik de familiewijsheid ter harte nam, had ik naar een achttienjarig meisje moeten omkijken, elf plus zeven. Maar ik ging met de traditie breken! Dat werd tijd ook.

'Waarom hebben ze je eigenlijk aangenomen? Je hebt toch geen opleiding of ervaring in die hoek.'

'Nou, er zijn wel een paar dingen die ertegenaan hangen, de schoolkrantredactie...'

'De schoolkrantredactie?'

'En ik heb verteld dat mijn vader schrijver is en columnist voor een trits regionale kranten.'

Tina staarde me aan.

'Beloof je me dat je nooit tegen míj zult liegen?'

'Wat maakt het uit? Op de keper beschouwd is het waar. Dat zit allemaal in mijn genen. En ik heb zijn boek gelezen, *Een melkbus met carbid*.'

Ik hief het glas, zij keek me aan met haar bionische blik.

'Ben ik je grote liefde?'

'Ja,' antwoordde ik vanuit mijn tenen. Tegelijkertijd vervloekte ik mezelf dat ik niet zonder haar kon.

De vrouw staat, met de handen in haar zij, onder me en lacht naar me. De weg wordt door oprijzende rotswanden ingesloten. Ik sta drie meter hoger in de rotsige berm. De kloof houdt de warmte vast. Het asfalt straalt nog zoveel hitte uit dat je, als je er hard op springt, er direct tot je kruin in zou kunnen wegzinken.

Ze knikt naar het rode paleisje en zegt: 'We have a look?' Om haar billen spant een strakke groene broek, daarboven een groen shirt, ze heeft iets van een padvinder, maar dan wel een heel lekkere. Ze klautert naar me toe. Ik ga met mijn rug tegen de muur staan, maak een kommetje met beide handen. Ze trekt haar rechterschoen uit. Haar blote voet kan niet veel groter zijn dan maat 36. Een voor een beweegt ze alle vijf haar tenen heen en weer, onafhankelijk van elkaar, als leden van een olympische delegatie die om de beurt buigen voor de keizer. Ze kijkt me ondeugend aan en stapt met de blote voet in mijn in elkaar gevlochten handen. Haar been strijkt langs mijn wang. Ik klim achter haar aan en spring de tuin in.

Zonder machete kom je hier niet vooruit, het is eenvoudiger de oprijlaan te volgen om bij het huis te komen. Zij legt haar wijsvinger op haar lippen: 'Ssst.' We doen alsof we hier uit puur architectonische belangstelling zijn, en ik ben nog steeds niet honderd procent zeker of dat ook niet werkelijk zo is. Ik wurm een hand achter een luik en kan een metalen pin loshaken. Luik en raam geven mee.

Midden in een donkere kamer houdt ze halt en draait om haar as. Ze heft haar kin, staart naar het plafond en blijft pirouettes maken. Als ik een stap naderbij kom, werpt zij zich in mijn armen.

'What's your name?' vraag ik. Laat ik maar doen alsof ik zo'n serieuze noorderling ben die hecht aan een goed gesprek vooraf.

'Laura.' Als een vechtvis nadert de halfgeopende mond.

'Let's have a look around,' zeg ik laf, en laat haar los. Ze haalt haar schouders op, werpt een blik op haar horloge en schrikt: 'Oh, I have to go. Vito is waiting, see you later!'

Ze maakt zich haastig uit de voeten. Ze roffelt de trap af. Ik open de balkondeuren, schel licht valt de kamer in. Over de akkers rent Laura terug naar Villa Lucia.

Heel soms dacht ik dat moeder gelijk had. Die hele verwisseling was een fabel, een hersenspinsel. Een slechte grap. Maar dat ik nu zekerheid moest hebben, stond als een paal boven water. Tina wilde het, hoewel ze het niet uitsprak. De vraag hing tussen ons in, iedere nacht dat we op de oude schommelbank lagen.

Op een ochtend belde ik het ziekenhuis en maakte een afspraak. Ik wilde het niet via de huisarts doen, het bleef een dorp. Drie weken later zat ik in de wachtkamer bij een geneticus. Ik las de *Nieuwe Revu* en de *Cosmo*. Welke opmerkingen wekken bij mannen de grootste irritatie op? Zevenenvijftig procent heeft een hekel aan: 'We moeten eens praten.' Drieëntwintig procent aan: 'Waar denk je aan?'

De specialist voelde zich duidelijk meer op zijn gemak met chromosomen dan met mensen. Nadat ik mijn verhaal had verteld, knikte hij verlegen. Hij had bloed van ons beiden nodig. Het mijne werd even later door een verpleegster afgetapt. Tina leverde een week later haar bloed in. Hij ging iets doen met DNA-markers. In vier, vijf weken zouden we uitslag krijgen.

We hadden het nog aan niemand verteld. Tina studeerde door alsof er niets aan de hand was, alleen ging ze niet meer naar de kroeg. Ze stopte met roken. Het kon niet anders of dat liep in de gaten. In de weekends en vaak 's avonds kwam ze naar me toe. We waren bang betrapt te worden. Hoe we het zouden vertellen, daar hadden we het nauwelijks over. Ik kookte en verwende haar hoe ik maar kon.

In de kelder lag een voorraad wijn in prachtige kisten, die wij met een koevoet openbraken of met een handbijltje spleten. De flessen met de fraaiste kastelen hadden we het eerst opgedronken. Op de cv-installatie stonden kistjes champagne. Moeder vond dat een drankje voor parvenu's. Ze nam nog liever een slok badwater.

Tina lengde de champagne aan met Spa-rood. We bedachten steeds een nieuwe aanleiding om flessen open te knallen: het begon te regenen, de boodschappen waren gedaan, er stond een bericht op het antwoordapparaat, ik had gewonnen met pingpongen, Skip wilde met ons drinken, het begon alweer donker te worden; snel, naar de kelder. Zoals in andere huishoudens het verglijden van de uren wordt bijgehouden door een koekoek die uit een houten huisje komt en zijn snavel opent, markeerde het knallen van champagnekurken bij ons de tijd.

'We zijn roekeloos geweest,' herhaalde Tina. 'Blijkbaar wilden we dat.' Vrouwenlogica. Soms greep de hele situatie me bij de strot.

We zaten op de bank die nog op de veranda van Leuvenheim had gestaan en fantaseerden over ons leven, wat we allemaal gingen doen. Welke landen we ons kind gingen tonen. We schommelden, kropen dicht tegen elkaar aan en keken naar de sterren. Tina vroeg zich af waar het linnengoed van moeder was gebleven. Ze vond dat wij er recht op hadden; op de waslapjes, de handdoeken, het beddengoed, de tafellakens en de servetten. Over dat soort dingen kon ze zich druk maken. Ze verheugde zich op de geborduurde monogrammen. Ik stookte vuren om mijn vrouw en kind warm te houden. Eten, vuur, sex. Veel ingewikkelder hoefde het niet te worden. Toch?

'Zou je ze niet een keer willen ontmoeten?' Tina's gezicht lichtte op door de oranje gloed van het haardvuur.

'Zij hebben ook nooit meer hun best gedaan om mij te zien. Sterker nog, ze willen niet aan me herinnerd worden.'

Ik zette met beide voeten af om vaart te maken. Ik had de schommelbank binnengezet tussen de open haard en de pingpongtafel in.

'En wat zou ik ermee opschieten? Je wilt graag geloven dat er een magische vonk overslaat als je je echte ouders ziet. Ik geloof daar niet in; het is een collectieve mythe, RTL4-sentiment.'

'Om te weten waar je vandaan komt?'

'Ze hebben mijn DNA-materiaal geleverd, meer niet. Wat heb ik nou uiteindelijk met die mensen? Niks toch? Het zijn gewoon vreemden. Deze week hoorde ik ook weer zo'n absurd verhaal: mensen die hun kind direct na de geboorte hadden weggegeven, drie jaar later bedenken dat een kind toch wel gezellig is en een proces tegen de adoptieouders beginnen. En winnen! Jawel. De juridische wereld loopt eeuwen achter.'

Het duizelde me, ik had te veel gedronken.

'Aan wie is het kind gehecht? Waar is hechting tot stand gebracht? Dáár hoort het kind. En al heb jij je allerbeste DNA-materiaal afgestaan, jammer dan. Laat ze maar lekker in hun sop gaar koken.

In Engeland is eens een ouder-kindonderzoek gedaan. Op bevel van hogerhand is het stopgezet, de uitkomsten zijn in een kluis opgeborgen. Want wat bleek? Drie van de tien kinderen zijn niet verwekt door de man die meent de vader te zijn.'

'Ja, Engeland, daar hebben ze allemaal een tik van de molen gehad,' zei Tina.

'Nou, hier kunnen we er ook wat van hoor. Er wordt wel gezegd dat vijf tot vijftien procent van de officiële vaders in Nederland niet de biologische zijn.'

'En jij gelooft dat? Bullshit. Opgeklopte onzin. Vrouwen weten echt wel wat ze doen hoor! Die willen een kind van de man van wie ze houden.'

Ze zag er sterk uit. Sinds we de uitslag van het onderzoek hadden gekregen, straalde ze een ongekende harmonie uit. Moeder van de aarde. Ze zeulde een kleine bibliotheek aan boeken over zwangerschap en bevallingen door het huis. Ze verslond die boeken, ze zat met haar benen onder zich getrokken in de grote stoel van opi en haalde telkens haar duim en wijsvinger langs haar tong voor ze een bladzijde omsloeg. Met de vasthoudendheid van een Jehova's getuige spoorde ze mij aan daar ook in te studeren. Dat deed ik. Ik probeerde haar te overtuigen thuis te bevallen: 'In Nederland hebben we een uniek systeem, met die vroedvrouwen. Als er een complicatie is, kun je altijd nog naar het ziekenhuis. Het beste is 's nachts, thuis, in een donker hoekje van de kamer, in je eigen hol, als een beest te werpen. Het staat in die boeken. Je moet je grote hersenen uitschakelen, de kleine hersenen moeten het doen. En je baarmoeder, natuurlijk.'

Maar ze was niet te vermurwen, ze had meer fiducie dan ik in artsen en ziekenhuizen. Haar buik groeide. De periode van misselijkheid lag al achter ons. Pas in de zesde maand vertelde Tina haar ouders dat ze zwanger was, en van wie.

Aan de muur tegenover het bed hangt een prent van Maria omringd door vrouwen en kinderen, geen man in de wijde omtrek te bekennen. Tegelijk met de zon ben ik wakker geworden. Ik spring uit bed, buig voorover en tik enkele malen mijn tenen aan. Ik zwaai mijn armen tweemaal naar achter, als een vogel die zijn vleugels uitslaat.

Dan ga ik op mijn rug liggen en hef mijn benen van de grond. Mijn bovenlichaam begint te trillen, alsof Villa Lucia op de breuklijn van een aardbeving ligt. Een aardbeving van weet ik hoeveel op de schaal van Richter. De kast, de prenten, de lampen, de muren, alles schudt. Vanuit mijn onderrug trekken de schokken omhoog. Mijn hoofd schudt woest heen en weer. Ik maak snel tien schaarbewegingen. Als ik mijn voeten weer naar de grond laat zakken houdt het wilde ongecoördineerde schudden van de omgeving op.

In de hal staan koffers. Zou ze vertrekken? Iets van spijt bekruipt me. Ik loop een rondje door de hal, de serre en de eetkamer. De dikke man zit achter zijn tafel en schuift met papieren. Ik vervoeg me bij het bureau.

'I would like to see room six now. I'm leaving today.'

Hij kijkt op zijn horloge: 'Thirty minutes; is that all right with you?'

Over de gebloemde tegels loop ik naar de buitendeur. Weemoed en belofte maken me week.

Na een paar dagen vertrok vader. Op mijn achtste verjaardag mocht ik alles kiezen de hele dag, en toch was ik treurig. We aten in een restaurant met een speeltuin, deden ons daarna te goed aan ijsjes op het plein boven de zee.

De rest van de zomer bleven we in Villa Lucia. Vader

vertoonde zich nog een enkele keer. Tweemaal voegde hij zich bij ons voor een lang weekend; de derde keer, na drie maanden, kwam hij ons halen.

Ik stap de zon in, overzie de tuin en loop naar het koetshuis. Het zijn de zaken die toegedekt blijven waardoor je bepaald wordt. Het verborgene maakt je tot wat je bent.

Door de scheuren in het beton schiet gras op. Ik wandel naar de rand van het terras. Een silhouet verschijnt in een raamopening en duwt de luiken nog verder open.

Laura, ze heeft alleen een beha aan. Ze leunt voorover en zodra ze me ziet zwaait ze naar me. Dan verdwijnt ze de kamer in. De vitrage wappert voor het raam en onttrekt het interieur aan het zicht. Aarzelend blijf ik staan.

De tuin is uitgestorven. Ik hoor mezelf fluisteren: 'Lekker ding, lekker ding.'

Ik sta aan de kant en kijk toe. Daar heb ik op een dag toe besloten, of beter: dat besluit is op een dag voor mij genomen. Ik ben niet uit de wereld gestapt, ik ben erbuiten geplaatst. Erbuiten geschopt. Toeschouwer gemaakt. Toeschouwer van mijn eigen leven – alsof ik door een glazen ruit naar mezelf kijk. Tina haat dat. Van haar moet ik mijn gevoelens tonen, dan volgt de rest vanzelf. Zodra ze erover begint, lijkt het alsof mijn hersenen uitvallen; ik ben niet meer tot denken in staat. Ik ben er tot in mijn tenen van doordrongen dat ik verworden ben tot een door en door afgestompt wezen, met het gevoelsleven van een kever.

In de najaarszon onder een palm zitten en luisteren naar de krekels en het ritselen van de bladeren, dat is om te beginnen het beste. Een warme gloed komt over de bomen, over de tuin, over de wereld, zoals dat soms gebeurde als ik hardliep in de duinen, aan het eind van de dag. De kleuring die over de duinen viel, onder een steevast Breitner-waardige lucht, maakte me licht. In de natuur maakt het geen snars uit wie je bent. Serene diepe rust, het besef één te zijn. Maar, voelde ik me in harmonie door het licht, door de stand van de zon, doordat de duinen roodgeel kleurden? Of was het andersom?

Op dezelfde haast onmerkbare wijze werd ik soms somber, ineens, zonder te weten waarom, waarvan. Proberen uit te vinden waar het door kwam was het enige dat erop zat. Toen ik klein was had ik een terugkerende nachtmerrie. Op de vreemdste plaatsen dook er een jongetje in een korte broek met een zwart T-shirt op. Nooit kon ik zijn gezicht zien. Hij stond in de hoek van een kamer en keek toe, met twee handen in zijn zakken. Als ik beter wilde kijken, was hij weg. Dat ik hem nooit kon zien maakte het doodeng. Het was als het meisje met de rode cape in de film *Don't look now*. Als die zich eindelijk omdraait blijkt het een heel oud vrouwtje met een groot mes.

Kamer 6. Ik loop de laan uit, de heuvel af. Over mijn schouder kijk ik naar het oude koetshuis. Alleen het lichte wiegen van de gordijnstof. Ik voel het bloed kloppen in mijn hals.

Tina kreunde. Ze zag er mooi uit. Moeders bontjassen bleken ook flatteus in de negende maand. Mijn taak was het om bij te houden hoe snel de weeën elkaar opvolgden en hoe lang ze aanhielden. We zouden pas naar het ziekenhuis gaan als ze de persweeën voelde naderen. Ze bleef zoveel mogelijk in bad, omdat het daar nog enigszins te harden was. Ik zat op de rand van de badkuip en las haar voor. Ze was zo verdomd goed opgevoed, zelfs terwijl ze verging van de pijn bleef ze geïnteresseerd.

Om een uur of vijf was het zover. Ik pakte de tas met kleertjes, mutsje en deken, stak de nagellak bij me en rende naar buiten. Ik reed de auto voor, hielp Tina erin en gaf vol gas. We passeerden de drankengroothandel met de kapotte letters. In manshoog neon stond er DRANKADEL.

Tegelijk met de krantenjongen die een pak ochtendbladen afleverde, beklommen we de trap naar de hoofdingang. Ziekenhuizen maken me benauwd. Tina liet zich in een rolstoel zakken. Ik racete met haar door de lege brede witte gangen. De twee vosjes van moeders bontjas wapperden om haar oren. Een verpleegster ving ons op. Ze zag eruit als een oude non, ze moest al tegen de zestig lopen. Waar waren de artsen? Lagen ze nog in bed hun roes uit te slapen?

Tina werd op een bed gelegd met haar kuiten in beensteunen. Niet veel later arriveerde de gynaecoloog. Hij mat de ontsluiting en knikte goedkeurend. Met bed en al werd Tina naar een verloskamer gereden. Ik moest naar de wc.

De roestvrij stalen pot was zo grondig gepoetst dat je er je haar in kon kammen. Ik knoopte mijn broek open. Er kwam niets. Ik klapte de bril naar beneden en ging zitten. Ik had pas gelezen dat er in het zuiden van het land twee lijken verwisseld waren. Het werd ontdekt toen een van de familieleden toch nog afscheid wilde nemen van de opgebaarde dierbare. De begrafenisondernemer zei dat verwisseling in rouwcentra – iedere overledene draagt een enkelbandje – een uitzondering is. Geen regel dus. Hij voegde er monter aan toe dat het een geluk bij een ongeluk was dat beide families voor begraven hadden gekozen en niet een van de partijen de voorkeur aan cremeren had gegeven: 'Dan hadden we echt een probleem gehad.'

Ik had kippenvel op mijn armen. Bang voor alles wat komen ging. Met een hand betastte ik de cilinder met nagellak in mijn broekzak. Vanaf nu was er geen verleden meer, alleen maar toekomst.

'Vanaf nu is er geen verleden meer, alleen maar toekomst,' zei ik, en opende de deur.

Tina's hoofd rustte op een enorm kussen, ze leek een heel klein meisje. Haar armen lagen naast haar lichaam. Schokken gingen door haar lijf. Met een natte doek depte ik haar voorhoofd.

'Het mag,' zei de gynaecoloog na een tijdje. 'Persen!'

Ik moest aan het hoofdeinde plaatsnemen en haar bovenlichaam naar voren duwen op het moment van persen.

'En rust.'

'En persen!'

Ze leek geen pijn te voelen, haar gezicht in extase.

'Ja. Heel goed. Persen!'

'Daar is ie.'

Ik dacht: nu moet ik goed kijken, héél goed kijken. Nooit mag ik vergeten hoe hij eruitziet. Nóóit.

Over Tina's hoofd en borsten heen gluurde ik naar beneden. Daar kwam iets zwarts te voorschijn, een doorweekte kat, de verpleegster stond erbij en pakte het met twee handen vast.

'En persen!'

De verpleegster trok het naar buiten.

'Een jongen!'

Tranen stroomden langs mijn wangen. Tina nam de baby in haar armen en drukte hem tegen haar borst alsof haar hele leven niets dan de voorbereiding op dit moment was geweest. Met een mouw veegde ik langs mijn gezicht en boog me over Tina en de baby. En keek zoals ik nog nooit gekeken had.

De verpleegster pakte een dun wit plastic sliertje en scheurde het in tweeën: 'Eén voor de moeder en één voor de baby.' In haar rechterhand hield ze een blauwe Bic: 'En, hoe heet hij?'

'Balthazar?' fluisterde ik.

'Ja, Balthazar.'

Ik draaide me om naar de verpleegster en zei resoluut: 'Balthazar.'

'Bernhard, Anton, Leo, Theodoor, Hendrik, Anton, Zacharias, Anton, Richard?'

We knikten.

Ze schoof het naambandje om Balthazars enkel en klikte het vast. Daarna deed ze Tina eenzelfde, iets groter bandje om de pols. Ik haalde de nagellak uit mijn broekzak, draaide de dop los en nam voorzichtig Balthazars handje.

'Laat dat maar, Octave,' zei Tina. 'Het is toch niet nodig.'

Niemand moest proberen mij hiervan te weerhouden.

De nageltjes waren minuscuul, een tipje was genoeg om het gehele oppervlak te voorzien. Groene fluorescerende nagellak was het. Als de natuur er niet voor zorgde, dan deed ik het. Een groene baard voor Balthazar. Eén handje had ik al af. Ik probeerde bij het andere handje te komen, maar Tina hield Balthazar tegen zich aan geklemd: 'Zo is het wel genoeg, liever.'

De verpleegster nam hem over. Nou, goed dan. Hij moest worden gewassen en aangekleed. Ik volgde hen. De vrouw keek bezorgd over haar schouder. 'Had je een dochtertje verwacht? Het is allemaal even mooi, hoor.'

'Nee, dat is het niet.'

'Of ben je bang dat je hem niet terugkrijgt of zo? Dat is onmogelijk.' We liepen over de gang naar een warm zaaltje. 'Vroeger bevielen zes vrouwen in één ruimte, zes bedden alleen gescheiden door gordijntjes. Soms werden er drie of vier baby's tegelijk geboren. Dan kon er wel wat misgaan in de drukte, bij een dompelbadje of zo.'

De verpleegster waste Balthazar, droogde hem af en begon hem de kleertjes aan te trekken die ik uit de plastic tas haalde. Het handje met groene nagellak was net een baken. Als vijf smaragdjes lichtten de nageltjes op. Ik kon mijn ogen niet van hem afhouden.

'Als het voedingstijd was, legden we tien of vijftien baby's naast elkaar op een brancard, reden ermee naar de zaal waar de moeders lagen en deelden de baby's uit om ze de borst te geven. Je ging er maar van uit dat je de juiste baby aan de juiste moeder gaf. En dat je ze na het voeden weer in de goede wieg legde.'

'Hoelang bestaan die bandjes eigenlijk?'

'Twintig, vijfentwintig jaar? Daarvoor gebruikten we wel pleisters, die papieren pleisters, die plakten we op de rug met de naam erop. Maar die lieten nogal eens los, een babyhuid is vettig van de huidsmeer. Nee, die bandjes hebben we al langer, dertig jaar denk ik.'

'U hebt het nooit meegemaakt dat baby's zijn verwisseld?'

'Eén keer, acht jaar geleden. Maar die moeder ontdekte het op weg naar huis in de auto al. Ze zag dat het nummer niet klopte. Kijk, hier staat het.'

Ze pakte Balthazars voetje en draaide zijn beentje zo dat ik het nummer op het bandje kon lezen: 24824.

'Dat correspondeert met het nummer op het bandje van je vrouw.'

Ik knikte. Ik hield Balthazars handje vast. Vrouw. Je vrouw. Het was de eerste keer dat iemand over Tina sprak als mijn vrouw. Ze wás mijn vrouw.

'Denkt u dat een moeder haar eigen baby ruikt?'

'Nou, het zit diep, hè? Nee. Een enkele keer misschien. We hadden hier een keer een boerin die van een varkensmesterij kwam. De placenta, het vruchtwater, het kind, alles stonk, sorry voor het woord, ik kan het niet anders zeggen, naar varkensstront. Dat kon je echt niet ontgaan, hoewel ik niet uitsluit dat die moeder het zelf niet meer rook. Dat hoop ik tenminste voor haar.'

De verpleegster trok haar neus op.

'Hoe herkent een moeder haar baby dan? Herkent een moeder haar baby überhaupt?'

'Niet,' zei ze stellig.

Ik keek haar verbouwereerd aan.

'Lieverd, ik doe dit werk nu al meer dan vijfendertig jaar en ik kan je vertellen dat er een hoop sprookjes zijn. Iedere moeder zal natuurlijk bij hoog en bij laag volhouden dat ze haar baby herkent, dat moet ze ook doen, maar als een baby geen markante uiterlijke kenmerken vertoont, heel groot is of heel klein, rare sproeten of zo, dan is het moeilijk hoor. Duizenden zijn er door mijn handen gegaan en ze lijken allemaal op elkaar. Het zijn allemaal schatjes.'

'Dus zo gek is die nagellak niet,' zei ik. Balthazar hield ik in mijn armen geklemd. Als ik hem maar niet liet vallen.

Een paar uur later konden we naar huis.

'Nu kan het toch wel af?' zei Tina.

'Nee, laat nog maar even zitten.'

Pas de volgende dag was ik zover. Eerst heb ik de nummers nog een keer gecontroleerd. 24824. Het klopte. Heel voorzichtig, met de plechtigheid waarmee je je bruid de ring aan de vinger schuift, maakte ik het bandje los. De nagels van zijn rechterhandje waren nog egaal groen. Als je alleen naar het handje keek, had het iets buitenaards.

De peetoom had per gsm zijn transatlantische felicitaties overgebracht. Hij was vereerd, zei hij. Hij zou hem Godfried noemen. Het krijgen van een kind was als het overzwemmen van een rivier: je kwam in een ander land terecht, in een ander universum, en je vrienden zonder kind, de geliefden zonder kinderen, bleven op de andere oever achter. Pas als zijzelf kinderen kregen voegden zij zich weer bij je. Voor zolang was je min of meer voor elkaar verloren.

Het is alsof ik LSD heb geslikt, de intensiteit van mijn zintuigen is verdubbeld. Ik ruik de bloemen in de tuin. Ik ruik de hars van de vliegdennen, druipend langs de stammen. Tussen de pilaren met het uitgehouwen VILLA LUCIA door verlaat ik de tuin, linksom langs de tuinmuur van het naburige buiten. De kramp in mijn middenrif ebt weg.

Bij wiskunde leerden we dat je, als je twee punten hebt, een lijn kunt trekken. Dat is wat ik altijd angstvallig probeer te vermijden: dat er een lijn ontstaat tussen mij en een ander. Iedere intimiteit dient te worden vermeden. Waarom eigenlijk?

Over een halfuur kan ik eindelijk de kamer zien. In de verte klinkt nu en dan een knal om vogels van de velden te verjagen. Links van me wordt gefloten. Bij het hek achter in de tuin staat Laura. Het pad naar de poort is overgroeid. Hijgend staat ze half verborgen tussen struiken en klimop.

'I just want to say goodbye.' Door het traliewerk lijkt het alsof ze gevangen zit. Aan de onderkant is gaas tegen de tralies gespannen, waarschijnlijk om te voorkomen dat magere zwerfhonden de tuin in glippen. Het hek reikt tot mijn borst.

In iedere hand houdt ze een grote steen. Zorgvuldig legt ze die op de grond, naast elkaar tegen het hek. Ze richt zich op. Ze steekt haar handen door de tralies en neemt mijn hand tussen de hare.

Op elke steen plaatst ze een voet en ze trekt me tegen het traliewerk aan. Dan gebeurt alles tegelijkertijd. Ze duwt mijn hand tussen haar dijen en stopt haar tong in mijn mond. Wild en ongecontroleerd kronkelt hij rond, als een losgeslagen tuinslang. Ze smaakt naar knoflook, rozemarijn en weet ik welke tuinkruiden nog meer. Kerrie, kruidnagel?

Achter me nadert een auto over de zandweg. Ik trek ijlings mijn hand terug. Op het moment dat de auto passeert, zwaai ik mijn linkerarm theatraal omhoog en doe alsof ik op mijn horloge kijk. Laura maakt van de gelegenheid gebruik om met haar vrije hand naar mijn kruis te reiken. Ze rukt de rits open. Ze trekt me tegen het hek aan en zakt door haar knieën. Het geluid van de motor sterft weg. Haar voorhoofd beukt ritmisch tegen het hek, waardoor het gaas steeds trilt alsof er een tennisbal in geslagen wordt. Met twee handen grijp ik me in het hek vast en word verscheurd tussen genot en schuldgevoel. Een rare correlatie tussen die twee. Dit moet ophouden. Ik moet ophouden. Zij moet ophouden! Ze houdt op. Ze draait zich om, zodat ze met haar rug tegen het hek leunt. Licht wankelend balanceert ze op de keien. Als ze zichzelf in positie heeft gebracht, slaat ze behendig haar rok omhoog. Haar billen glanzen me tegemoet als twee reusachtige appels. Haar dijen vormen een fuik.

De oude angst vlamt fel op. Als kind heb ik samen met Godfried bij Leuvenheim eens een stalen klem gevonden met een bebloede vossenpoot. De vos had zijn poot doorgebeten om los te komen. Ik kan me er alles bij voorstellen.

'Fa' presto! Fa' presto!'

Laura golft uitnodigend met haar onderlichaam, van links naar rechts als een buikdanseres. Zij hangt met twee armen aan het hek. 'Vogelnestje' noemden we dat op school. Haar nek is gestrekt, de spieren en bloedvaten tekenen zich af, haar gezicht is ten hemel gericht, haar mond hangt open. De zon brandt op mijn kop. Het is twee uur in de middag. De tuin is uitgestorven. De hele wereld slaapt. Alleen de knecht werkt op dit uur van de dag.

'Sbrigati! Non sarai mica froscio?!'

Ik doe voorzichtig een stap achteruit.

Het bloed trok weg uit haar gezicht. Het was heel lang stil. Als twee inboorlingen in het oerwoud stonden we tegenover elkaar, niet zeker wetend of de ander aan kannibalisme deed. Ik stak haar mijn hand toe.

'Ik wist het... Ik wist het,' zei ze. Koortsachtig begon ze de stoelen onder de tafel te schuiven. Daarna schoof ze er weer twee onder vandaan. Ze sprak met horten en stoten: 'Er zat een belangrijke ontmoeting aan te komen... Het kon niet anders of jij... Wil je koffie?'

Wat vooral opviel, was haar stem. Zacht en rauw tegelijk. Gehaast liep ze de open keuken in, er klonk gerammel. 'Bram is weg. Hoe wil je het hebben? Met geklopte melk? Dat vind ikzelf ook het lekkerst. Och, och, och... Ik kan hem onmogelijk bereiken. Waar zijn de lucifers? O daar, wil je?'

Op het geruite tafelkleed lagen een slof Marlboro en een groot pak lucifers. Dat reikte ik haar aan.

'Mijn zoon. Je hebt zelf een zoon, je weet wat het is.'

Ze wees naar de muur achter mij, die bedekt was met een collage van foto's, tekeningen en knipsels. In het midden hing een geboorteadvertentie uit *NRC Handelsblad*. Hij was met rode stift omcirkeld:

Met grote blijdschap delen wij u mee
dat op 27 maart 1999 is geboren

BALTHAZAR
Balthazar Godfried Dupont

zoon van
Celestine Styringa
& Octave Dupont

'Een Ram, hè? Zo fijn voor jullie. Kan niet beter, denk ik steeds. Rammen zijn goed, die zijn heel trouw, wel ongeduldig, kunnen over alles een scène schoppen, maar trouw. Is hij nog aan de borst? Dat is het beste, daar zitten alle antistoffen in.'

Naast de advertentie hing een foto: Anouk op een stoel, een lange staak achter haar, dat moest Bram zijn, de vier kinderen eromheen. Ik leunde voorover om beter te kunnen zien; allemaal bruine ogen, op Finn na. Hij had een kale kop, stond helemaal terzijde, een onzekere blik in een verbeten gezicht.

Anouk kwam naast me staan en wees met een plastic koffieschepje wie wie was. Haar hoofd schudde heen en weer alsof het los op de romp zat. Zooey en Noëlle stonden aan weerszijden van haar en keken zelfverzekerd de camera in. Zooey stak haar tong uit. Morten was de jongste. Bram moest zeker twee meter lang zijn. Hij had een ironische blik, een baard, een snor en borstelige wenkbrauwen, met Daliaanse puntjes aan de uiteinden. Ik schrok ervan. Die poseur, was dat mijn vader?

We gingen in de tuin zitten. Ik probeerde alles tegelijk in me op te nemen, maar mijn gedachten vlogen van hot naar her. Chocolaatjes op een schoteltje, taart onder vliegengaas, kopjes op een dienblad, aan de achtergevel vogelkooitjes. De tuin maakte een verwaarloosde indruk. Alles groeide en bloeide door elkaar. Berenklauw reikte manshoog. Het was alsof mijn kop was volgespoten met isolatiemateriaal, alsof er een prop staalwol ingefrot was. Ik was nauwelijks in staat tot conversatie voeren, alleen maar in staat ja te mompelen en te beamen. Ik bezag alles wazig en van een afstand. Secundair. Anouk sneed de taart aan. De appeltjes waren overdekt met rozijnen en amandelen. Goudbruin en glimmend. Ze hield me het pakje Malboro voor.

'Wat goed dat je dat niet doet. Het is hartstikke slecht, ik weet het.'

Ze stopte een sigaret in haar mond en zette een schoteltje met appeltaart voor me neer. Haar handen beefden, zodat het vorkje op de grond viel. We bukten ons tegelijkertijd, onze hoofden botsten tegen elkaar. We konden er niet eens om lachen.

'Toen we hier net woonden, had ik het moeilijk, het is eenzaam hè, en ook met die boeren vooral. We horen er nog steeds niet echt bij, maar we worden tegenwoordig wel voor de *noabers* uitgenodigd. Dat is een feest, ha! Aan zo'n lange tafel met z'n allen zwijgend brandewijn en advocaat naar binnen slaan. Heb je de weg goed gevonden? Was het moeilijk?'

Ze bestudeerde me met die blik van moeders aan wie zogenaamd niets ontgaat. 'Finn en jij lijken op elkaar. Allebei Tweelingen, allebei optimistisch. Hij is wat feller, maar toch... Och, ik heb het zo vaak opgezocht: jij bent om 5.25 uur geboren, hij eenendertig minuten later, om 5.56. In het twaalfde huis, daardoor hebben jullie dat introverte, jij het meest. Hij is kwetsbaarder, emotioneler, maar kan het niet tonen. Dat geeft hem een bepaalde agressie...'

Dat herkende ik wel, ja.

'Uit onmacht. Die dag is de zon exact om kwart over vijf opgekomen. Venus was al twee, drie uur aan de hemel. Als Venus voor de zon opkomt, dan loopt je verlangen vóór. Je voorvoelt de dingen, je voelt dat er iets in de lucht hangt.'

'Hoe bent u er indertijd achter gekomen?'

'Je, zeg nou *je*. *Je*, ik ben je moeder. Ik vóélde het gewoon. Ik voelde dat er iets niet klopte, direct al. Het universum leidt ons; als je afstemt op de kosmos, kun je jezelf een hoop ellende besparen. De invloed van Mercurius kún je niet ontkennen. Toen lette ik daar nog niet op. Pas veel later werd echt duidelijk wat we eigenlijk al die tijd al wisten.

En dan te bedenken dat we per vergissing in Groningen terecht waren gekomen! We misten de afslag, het regende dat het goot. Het moest zo zijn.'

'Maar hoe...'

'Dankzij de kinderpsycholoog. Toen kwam alles aan het rollen. Finn was zeven, het ging niet goed. Die kinderpsycholoog zei dat in negen van de tien gevallen de ouders in therapie moeten. Hij was de eerste die hardop durfde te zeggen dat Finn in niets op ons leek. Bram en ik spraken daar nooit over. Die man heeft ons, nadat duidelijk was geworden dat wij Finns biologische ouders niet waren, echt geholpen. Hij zei dat we ons om Finn niet druk moesten maken, dat die het allang wist. Kinderen weten alles. Toch? Zo is het gewoon.

Een kind dat als tweede is geboren en waarvan de moeder ooit een miskraam heeft gehad, beschouwt zichzelf als het derde kind. Dat zit ergens opgeslagen. Ze kennen hun plaats in de natuurlijke orde, kinderen weten heel veel dat wij niet meer weten. Een kind maak je niks wijs.'

Ik tilde het schoteltje tot onder mijn kin zodat ik stukjes taart naar binnen kon lepelen zonder mijn blik van haar gezicht af te wenden.

'Finn leek dus voor geen meter op ons. Hij werd blonder dan een golden retriever. En hij bleef zo klein. En driftig! Bram wilde een vaderschapstest. Ik zag dat niet zitten. Ik had toch zeker niet liggen rotzooien. We hebben het uiteindelijk toch gedaan, eind 1984. Zo'n test geeft een W-waarde, de waarschijnlijkheidswaarde dat de geteste man de vader is.'

Ze stak weer een sigaret op.

'De huisarts kwam met de uitslag. Ik weet het nog precies, we zaten in een spreekkamer met van die verschrikkelijke lamellen voor de ramen. Tegen Bram zei hij: "U bent de vader niet." En tegen mij: "En u de moeder niet."

Ja, daar sta je dan. Het is alsof je uit een vliegtuig wordt gegooid zonder dat je is uitgelegd hoe de parachute werkt. De *Southern blotting*-methode, zo heet dat. Ze hakken een streng DNA in stukjes en bekijken de partjes. Die moeten dezelfde lengte hebben, de breuklijnen liggen in het erfelijk materiaal opgeslagen. Met een enzym doen ze dat. In stukken hakken.'

'Compartimenteren.'

'Wat?'

'Laat maar.'

'Iedere leerling-verpleegster had ondertussen kunnen vaststellen dat Finn mijn zoon niet was, als ze even naar de bloedgroepen hadden gekeken. Nee, de moeder, daar wordt niet aan getwijfeld. Moeder en kind zijn één. Haha. Mooi niet dus. Bloedgroep O, Finn heeft dat, is recessief. Ik heb AB.

Och, dat je hier nu zit. Dat dat niet eerder kon. Wat hebben we niet gemist al die jaren? Wij, jij, iedereen.'

Anouk pakte met twee handen mijn onderarm vast. Ik trok de arm terug.

'Ik heb het van Finn gehoord. Je mocht hém zelfs niet zien. Waarom ontzeggen die mensen je dat?'

'Hoe ontdekten jullie dat juist ík met Finn verwisseld was?'

'Dat was eenvoudig, er zijn die dag zeven baby's in het AZG geboren. Op mannetje Jacobs en mannetje Dupont na waren dat allemaal meisjes.'

'En het ziekenhuis heeft jullie naar ons gestuurd?'

'Nou, niet direct. Uiteindelijk heeft de huisarts jullie adres gekregen, en aan ons doorgespeeld. We wilden een modus vinden, elkaar leren kennen, af en toe bij elkaar logeren of zoiets. Maar daar dachten de Duponts dus heel anders over.'

Ik verslikte me bijna.

'Ja, dat is toch niet zo raar? Die wisten niks. Zij kregen, totaal onverwachts, een of ander vaag verhaal te horen.'

'Vaag? Noem je dat vaag?! Bram had zó'n stapel papier bij zich, ook die testen.' Met duim en wijsvinger gaf ze aan hoe dik het pakket was. 'Hij werd door haar eruit gegooid, hij heeft de papieren achtergelaten, en een foto. Daarna heeft hij nog brieven gestuurd. Meneer Dupont reageerde gelukkig wat volwassener. Met hem hebben we een keer afgesproken.'

'Wanneer was dat?'

'Twee maanden later. Ergens in de zomer van '85. Meneer Dupont zou een vaderschapstest gaan doen, alles zou in orde komen. Alles zou uitgezocht worden en hij zou het ziekenhuis ook nog aanpakken. Daarna hoorden we maanden niets, tot die akelige brief kwam. Het was wel duidelijk wie daar de broek aan had. Alles was ineens van tafel, net monopoly: u moet terug naar af en komt niet langs de bank. Met die griezel zijn we gaan praten in zo'n groot kantoor in Amsterdam-Zuid. Ze hadden er een advocaat op gezet. Er kon alleen nog maar via hem worden gecommuniceerd. Blaisse, zo heette die vent. Die wist echt álles van ons. Inkomen, hypotheek, schulden. Bram kreeg ineens problemen op zijn werk. Het was ronduit bedreigend. Het kwam niet *in Frage* dat ze zouden meewerken aan een erfelijkheidsonderzoek. Het enige dat ons restte was procederen, maar ach, van driehonderd miljoen kun je niet winnen. Toen heb ik alles verbrand. Dáár.'

Anouk wees naar de tuin.

'Die stomme kippen keken toe. Ik stond te janken boven de vlammen. Ik moest het opgeven. Dat was... Het was te erg. Pas later begreep ik dat sommige dingen zo moeten zijn, hun reden hebben.'

'Alles?'

'Ja, precies, alles. Alles heeft z'n reden. Toeval bestaat niet.'

'Ik bedoel: alles verbrand?'

'Alles. Of nee, ik heb een foto van jou bewaard. Die heb ik altijd gekoesterd. Jij in een blazertje, een apenpakje met gouden knopen. Zo schattig, met die mooie ogen. Jij kijkt zo dapper en vol vertrouwen de wereld in. Een kroonprinsje. Hij hangt in de slaapkamer.'

'Hoe kwam je daaraan?'

'Van je vader. Nou ja, meneer Dupont dan. Die had hij bij zich die ene keer. Jammer dat die niet wat meer in de melk te brokkelen had. Ik heb me zo'n zorgen gemaakt. Dat jij tussen die harde mensen moest opgroeien. Dan zag ik jou, alleen, op de grond, in dat grote kille huis. Het brak mijn hart, dat kan ik wel zeggen.'

'Nou dan hebt u, heb je, je nodeloos zorgen gemaakt. Ik heb een geweldige jeugd gehad. Hoe is het gekomen? Was het de drukte?'

'Nee. Daar kan ik dus niet van slapen. Nog steeds, wil je dat wel geloven? Het was opzet! Daarom slikte ik die mogadon ook. Maar die chemische zooi helpt geen zier, het nestelt zich maar in je vetweefsel. Als je dan een keer afvalt word je ineens heel moe. Ik heb het uiteindelijk allemaal door de plee getrokken.'

'Hoezo opzet?'

'De eerste uren heb ik niemand anders gezien dan madame – zij en ik lagen op één kamer – en dat onzekere grietje. Ze was geïrriteerd door dat verpleegstertje en haar mavo-verstand, omdat ze niet op haar wenken bediend werd. Mavo-verstand. Dat woord heb ik die dag voor het eerst gehoord.'

'Niets voor haar,' zei ik. Hoewel.

'Jullie hadden geen naambandjes om.'

'Denk je nou echt dat dat meisje dat expres achterwege heeft gelaten?'

'Ik weet het zeker. Die verpleegster begon zowat te janken door dat gevit van madame. Wij hebben nog geprobeerd haar op te sporen. Niet gelukt. Ze is van de aardbodem verdwenen. Tot de dag van vandaag is onbekend wie er op de ochtend van 11 juni 1977 op de kraamafdeling heeft rondgelopen. Het ziekenhuis kan het niet achterhalen. Zeggen ze. Die ochtend was het gebouw bomvol verpleegsters, de meeste hadden geen dienst. Iedereen liep in en uit. Overal stonden radio's aan: "De oorlog hier is compleet uitgebroken!"'

'Volgens u was het dus de wraak van een gekrenkte verpleegster?'

'Ach weet je, als die verpleegster het niet gedaan had, was het wel op een andere manier gebeurd. Jullie hebben allebei heel veel leed op je verleden. Sommige dingen zijn onvermijdelijk. Je kunt van kip kippensoep maken, maar van kippensoep geen kip.'

'En toen? Hoe ging het verder?'

'Bram heeft nog tientallen brieven gestuurd. Alleen die advocaat antwoordde. Jarenlang niets. Totdat meneer Dupont hier ineens weer op de stoep stond in zijn mooie pak. Net als jij vandaag. Hij kwam zomaar binnenvallen, aangeschoten, om niet te zeggen stomdronken. Hij wilde zijn zoon. Ja, de goudvis van m'n tante. Vanaf dat moment heeft hij Finn gefêteerd. Het kon niet op. Hij heeft zelfs een huis voor hem gekocht.'

Ik zwaaide zo hard achteruit dat ik met de stoel bijna achterover lazerde.

'Ja, wat wil je? Die man zwemt erin.'

Uit het westen dreven wolken naderbij, grijs als muizen. Ik rilde. Het was hem dus gelukt. Zijn mecenas en zijn bunker.

'Wanneer was dat, dat hij hier langskwam?'

'Een halfjaar nadat Finn uit huis was gegaan. Ergens in '93. Al die jaren daarvoor heeft die man nooit iets gedaan, nooit ergens mee geholpen. En we hebben wat te stellen gehad met die jongen. Wij hebben de kinderen geleerd dat materiële zaken er niet toe doen. Maar hij heeft zijn ziel verkocht. Het spijt me dat ik het zeggen moet, maar zo is het. Hij rijdt nu in auto's waarmee hij hier niet eens het pad op wil. Dat is toch om te huilen?'

'Dat is dus al zes jaar aan de gang?'

'Precies weet ik het niet. Ik zie Finn zelf ook niet zo vaak, hij houdt niet van afspraken maken. Met de trein ga ik nog weleens naar Amsterdam.'

Ze keek me blij aan en zei: 'Ik wist het. Ik wist dat je zou komen. Zo'n fin de siècle-gevoel.'

Ze wilde me weer vastpakken, maar ik ontweek haar.

De handen bleven tussen ons in de lucht zweven. Ze maakte er een dramatisch gebaar mee.

'Wat jij moet doen: jij moet barrières slechten om de weg voor de toekomst vrij te maken. Als je dat doet, dan wordt het volgend jaar héél goed voor jou en je dierbaren. De aanwezigheid van Jupiter wijst op uitbreiding van je gezin.'

Ik keek naar de verf op het tafelblad, er zaten stukjes los, en dacht aan moeder. Ze was uit het paleis gekomen om over mij te waken. Ze had zich aangemeld als klaarover én als bibliotheekmoeder. Ineens liep ze de helft van de tijd rond te drentelen bij onze school. Daar stond ze op het asfalt, terwijl ze net wist dat ik haar kind niet was. In haar lichtgevende oranje klaar-overpak, met dat stomme fluitje, met resolute schreden en geheven hoofd de straat op, om plaats te nemen tussen het moorddadige verkeer en mij. Zelfs in dat narrenpak straalde ze waardigheid uit. Ik keek omhoog naar de wolken en had zin om heel hard 'Mama!' te gillen. 'Help me! Red me!' Ik schoof mijn stoel met een ruk naar achter.

'Ik moet gaan.'

Een dikke druppel spatte op mijn schouder uiteen. De hemel brak open. Het water gutste naar beneden. De kopjes en schoteltjes spoelden zowat van tafel, de resten appeltaart desintegreerden, kruimels dreven weg in de stromende regen. Anouk staarde omhoog en riep geëxalteerd: 'Zie je? Toeval bestaat niet!'

Toen ik wegreed keek ik in de achteruitkijkspiegel en zag haar staan op het pad, doorweekt. Ze vormde van haar handen een trompet en gilde: 'Kom gauw terug!' De ramen van mijn Golfje besloegen ogenblikkelijk.

Mijn eerste reactie was er een van ongeloof, toen de deur van het grachtenhuis openzwaaide. Hij moest in de drugshandel zitten. De gang was lang, breed en hoog, en belegd met grote glimmende platen marmer. Aan de muur hingen koperen scheepslampen.

'Hé, Finn, ik ben het.'

Hij schrok. Het blonde haar reikte tot over zijn oren, een zorgvuldige *five o'clock shadow* lag over zijn hoekige kaken. Hij zag eruit als een gemanicuurde viking. Hij leek groter geworden, maar vooral dikker.

'Ik kom je halen, moeder is ziek.'

Hij stond te wachten en hield de voordeur vast, klaar om hem in mijn gezicht te sluiten zodra ik uitgepraat was.

'Het duurt niet lang meer. Ik wou vragen of je meegaat om afscheid van haar te nemen.'

'Afscheid nemen? Hoezo? Ik heb haar nog nooit gezien.'

'Daarom juist. Dit is je laatste kans, je enige kans.'

Onbewogen bleef hij me aankijken. Zijn blik was volkomen blanco.

'Je hebt me een keer over de Molukkers verteld, dat het kind de breuk met de ouders moet herstellen, want dat het anders een leven vol rampspoed tegemoet gaat.'

'Ach, onzin. Dat interesseert me niet meer hoor, die ploppers. Typische hysterie van een heavy blower. Ik rookte me gek in die tijd. Wat is dit eigenlijk voor ongecoördineerde actie? Ze heeft mijn hele leven niets van me willen weten en dan bedenkt ze zich op het laatste moment? Wat moet ik dáármee?'

'Kom op, verplaats je eens in haar. Er belt een man aan je deur en die vertelt: "Mevrouw, uw zoon is van mij." '

'Natuurlijk. Voor haar was het ook niet makkelijk,

okay, daar gaat het niet om. Ik vond het juist sterk dat ze nooit naar me heeft getaald. Alsof ze wilde zeggen: fuck de genen. En nu moet ik ineens komen opdraven? Nee hoor. Daar heb ik niet al die moeite voor gedaan. Ik heb me niet losgerukt uit Drenthe om me nu in de tentakels van een volgend moederdier te werpen.'

'Wat bazel je, man? Ze ligt op sterven...'

Hij schudde zijn blonde lokken en luisterde niet. 'Dierlijk, puur dierlijk is het. Waarom zou je van je kinderen moeten houden? Pure eigenliefde, uitgedijd egoïsme. Je kunt beter een nieuwe auto nemen.'

Wat was het eigenlijk een hufter. Op mijn netvlies stond het beeld van moeder, een schim.

'Elk kind is anders.'

'Auto's niet dan? Ander kleurtje, andere velgen, andere bekleding, sportkuipje.'

'Ga je mee of niet?'

'Kijk, die is van mij.' Hij wees trots naar een zilveren metallic BMW Z3 die schuin voor het huis op de gracht geparkeerd stond.

Ik draaide me om. 'Succes met die ijzeren lul van je.'

In mijn kamer kleed ik me uit en ga naakt op het bed liggen. De wereld ná de atoombom, alles aan puin, geen mens meer in leven, onkruid dat opschiet, alleen minuscule organismen die de ravage overleefd hebben, kleine insectjes, mieren en zo. De ruïnes van metropolen die overwoekerd worden door korstmossen, door bossen en langzaam het fantoomachtige uiterlijk van verdwenen Incasteden krijgen. Hoe onze práchtige beschaving wegzinkt. Hoe de natuur uiteindelijk zegeviert, met dezelfde zekerheid dat met roulette de bank vroeg of laat altijd wint. Dát heb ik lange tijd de ultiem troostende gedachte gevonden; hoe bont we het ook met z'n allen maakten – dat was het zwartste scenario. Onze sporen, onze soort zou worden uitgewist. Geen echte ramp leek me, ik gunde het die miertjes en fluitenkruid wel.

Maar het is veranderd. Ik wil niet meer dat de wereld vergaat. Als je zolang hebt geleefd met het idee dat het er allemaal niet toe doet, is het lastig om te schakelen en een zorgzaam burger te worden, zonder naar de andere kant door te slaan. Ik loop nog niet met T-shirts NO TIME TO WASTE of I CARE erop rond, maar iets van een zendeling is wel in me gewekt, een missionaris die nog enkele biechtrondes te gaan heeft. Ik wil het niet meer verknallen.

Op het nachtkastje ligt mijn portemonnee. Ik haal het polsbandje eruit. Nummer 24824. Ik heb het altijd bij me, het is mijn talisman. Mijn hoofd rust op het kussen, met twee handen houd ik het stukje plastic voor me. Daar staat het voorgedrukte nummer en in klungelige kapitalen: BALTHAZAR. Het ontroert me keer op keer zijn naam geschreven te zien.

Sinds zijn geboorte leef ik voor twee: in mezelf en in hem. Moeder, mijn eigen moedertje, heeft me op het hart gedrukt onafhankelijk te blijven. Als kind irriteerde dat soort instructies me, maar toch sijpelden ze binnen. Nu ik vader ben, vader van nummer 24824, hoor ik telkens haar stem en besef dat ik haar ideeën heb overgenomen. Die beleefdheid die zij er bij ons in gestampt heeft, hoe ik dat haatte; bedrog vond ik het. En dat is het natuurlijk ook; een leugen, maar een noodzakelijke leugen, die het leven leefbaar maakt. Vaak praat ik haar letterlijk na, ik betrap mezelf op al haar suffe uitdrukkingen: ik heb er de pee over in, omdat ík het zeg, even je neus laten zien. Maar eigenlijk koester ik ze. Alleen in die onafhankelijkheid heeft ze zich vergist. Die bestaat niet. Je kunt je niet losmaken van je geschiedenis. Je moet je niet laten leiden door angst of proberen je in te dekken tegen verlies. Hoe voorzichtig je ook bent, dingen gaan kapot.

Ik neem een ijskoude douche, schrob me van top tot teen, poets mijn tanden, smeer scheerschuim in mijn haar, kam het achterover, strijk mijn broekspijpen glad en loop de trap af.

'The room may be still messy,' zegt de dikke man verontschuldigend terwijl hij de sleutels aanreikt. Ze liggen zwaar in de hand. De stalen ring waar ze aan hangen is groot genoeg om om mijn nek te passen. Langs de parapluboom ga ik, langs de schommel met het verroeste schuitje.

Ik pak een ijzeren stoel en zijg neer. Zwaar ademend blijf ik zitten, vijf, tien minuten, misschien wel langer.

De wind suist door de vliegdennen. Verder volkomen stilte. Vier deuren, vier kamers. De deuren openen op het terras. Uit de kamers kun je over het terras zo de tuin in lopen. Bij de eerste deur, kamer 5, staat een emmer met dweilen en bezems. Een vrouw met een wit schort voor schommelt de kamer uit en gooit beddengoed op de stoep. Dan verdwijnt ze weer.

Moeder vond dat er dingen zijn die verborgen moeten blijven, toegedekt. Dat gaat niet. Een tijdje kun je leven met leugens, maar op een gegeven moment wordt dat ondraaglijk.

De deur van kamer 6 is gesloten, evenals de luiken voor het raam. Traag sta ik op, loop naar de kamer en open de deur. Ik schuif de kamer in. Hier is het. Ik ruik het. Behoedzaam draai ik de deur achter me op slot, laat de sleutel erin zitten. De kamer is in schaduw gehuld.

In de hoek staat een bridgetafeltje met daarop een goedkope ventilator. Twee bedden naast elkaar, van gietijzer. Boven het bed hangt een schilderij van een herdertje met een schaap, die in schaapachtigheid niet voor elkaar onderdoen.

De bedden zijn onopgemaakt, de lakens en dekens hangen op de grond. Twee mensen hebben hier geslapen. Laura en de bestuurder van de Landrover, Vito. Ze hebben in deze kamer ruzie gemaakt.

Ik ga op het bed liggen, het lijkt nog warm. Het zakt diep door. De veren piepen. Het geluid bezorgt me rillingen. De klamme subtropische lucht, de geur van gips dat van de muren afbrokkelt. Ik laat mijn hoofd in het kussen zakken en leg mijn schoenen voorzichtig op het voeteneinde.

Door de kieren van de luiken vallen strepen licht, verder is de kamer donker. Hier lagen we, Godfried en ik. Drie maanden lang. Ik sluit mijn ogen. De binnenkant van mijn oogleden is zwart, alleen duiken er steeds lichtgevende stippen op, die groter worden, als explosies.

Ik hoor de stem van Godfried.

'Octave?'

Ik luister. Ik luister altijd naar hem.

'Ja?'

'Ik moet je iets vertellen.'

Hij wacht.

'Wat?'

'Je...' Hij zwijgt even.

'Vanmiddag heb ik pappie en mammie horen praten. Ze hadden het over jou. Je bent anders...'

'Nietes,' antwoord ik zacht. 'Ik ben niet anders!'

'Pappie zei het. Je hoort niet bij ons.'

'Nee!'

'Jawel,' zegt Godfried beslist. 'Je bent andermans kind.'

'Nee.'

'Je hoort me toch?'

'Nee,' sis ik.

'Het is zo. Pappie en mammie zeiden het. Ze hadden een foto.'

Godfried draait zich om, het bed piept. Hij pakt iets uit het nachtkastje.

'Kijk, hier.'

Godfried geeft me een zwart-wit kiekje.

Ik pak de zaklantaarn van het nachtkastje en beschijn de beeltenis voorzichtig.

Er staat een kleine blonde jongen op, met een brutale, zelfverzekerde blik. Hij is kleiner dan ik. Hij heeft net zulke vissenogen als Godfried. Hij ziet er een beetje raar uit en draagt een zwarte korte broek en een zwart T-shirt.

'Hij heet Finn,' zegt Godfried.

Ik geef de foto terug, en geef hem ook de zaklantaarn. We kijken elkaar aan.

'Je maakt een grapje.' Mijn stem trilt.

Godfried richt de lichtstraal op mijn gezicht. Dan zegt hij: 'Ja, ik maak een grapje.'

Hij scheurt het fotopapier in stukjes en laat de snippers in de prullenbak naast het nachtkastje vallen: 'Dat was gewoon een of andere homofiel, hoor.'

Hij klikt de lamp uit en gaat weer liggen. Hij draait zich om en zijn adem wordt al gauw rustig en diep.

Ik lig onbeweeglijk en voel mijn hart. Het weegt zwaar in mijn borst, als een klont lood. Het is kil in de kamer. Ik trek de dekens verder over me heen.

EPILOOG

Ik heb nog een souvenir aan Finn overgehouden: een obsessieve belangstelling voor de gijzeling. Wat mij eraan interesseert is het verschil tussen weten en niet weten, zwijgen en spreken. Wat willen we weten en wat niet?

Kortgeleden heb ik voor het eerst het gedenkboek over de Dupont-fabrieken ingekeken dat moeder me gaf. Tussen de eindeloze reeks rokende fabrieken en trotse ingenieurs staat een foto van een trein. Een hondenkop. Dupont maakte treinen! Nooit geweten. Honderden locomotieven en duizenden rijtuigen hebben ze geleverd, aan allerlei landen, van Zwitserland tot Argentinië, maar ook aan de Nederlandse Spoorwegen. Ik scande de bijschriften: 'De doorloopkoppen voor het intercitymaterieel worden door de Dupont-machinefabrieken gebouwd. Deze doorloopkoppen zijn ontworpen, opdat vooral de koffieverkopers bij aan elkaar gekoppelde treinstellen van het ene naar het andere treinstel kunnen lopen.' Niet te geloven.

De geblinddoekte die naast het spoor moest staan was de koffieverkoper van trein 747. Op een tussenbalkon boden de kapers hem iets te drinken aan en zeiden dat ze hem niet zouden doodschieten. Hij wilde het graag geloven, maar kon het niet. Iedereen was ervan overtuigd dat de kapers op het punt stonden mensen te executeren. Alleen de autoriteiten wisten dat dat niet zo was. Het hielp hen wel het harde ingrijpen te legitimeren. Achteraf verklaarde de premier het als een nederlaag te beschouwen dat er geweld nodig was geweest.

De kapers waren vastbesloten zich niet over te geven. Een soort suïcidaal altruïsme. De begrafenis van de zes Molukkers op de 14e juni – naar Molukse traditie drie dagen na overlijden, wat lukte ondanks dat de lichamen pas laat werden vrijgegeven – was indrukwekkend, duizenden mensen. Het werd een dag van verzoening; de verschillende Molukse groeperingen, protestanten, katholieken, moslims, Seramezen, Ambonezen, Harukunezen, RMS'ers en niet-RMS'ers, vormden één front.

Na de recente geweldsuitbarstingen op Ambon, Seram en de Kei-eilanden hield de gouverneur van de Molukken de bevolking voor dat zij een voorbeeld moesten nemen aan de Molukkers in Holland.

De Molukse kwestie was niet opgelost maar afgezien van een korte actie in het provinciehuis in Assen volgden er geen gijzelingen meer. Voor de betrokkenen bij de gijzeling werd in de openlucht een gemengde kerkdienst georganiseerd. Achteraf waren de gegijzelden wel een beetje trots dat zij alle kapingsrecords hadden gebroken.

De militairen kregen een afscheidsfeestje in een legertent, waar de mannen zich helemaal klem zopen. De BBE-mariniers werden met legervrachtauto's naar de kazerne in Doorn gereden. Ze werden verwelkomd met een potten- en pannenconcert. Een oud ritueel. Twee mariniers zijn aan de elfde juni onderdoor gegaan. Ze moesten in het Marinehospitaal in Overveen worden opgenomen. Als daar op de slaapzaal het licht uitging, raakten ze totaal in paniek en gilden: 'Kijk uit! Kijk uit! In dekking. Daar zijn ze!'

Op de Noord-Nederlandse Golf & Country Club kon het gras weer worden gemaaid en vanaf die zomer werd ieder seizoen begin juni in besloten gezelschap een wedstrijd gespeeld ter herinnering aan de treinkaping.

Een paar jaar geleden kwam tussen Assen en Groningen *in the middle of nowhere* weer een trein tot stilstand. Twintig jaar na dato, door een stroomstoring of zoiets. Het ding bleef staan, omgeven door verlaten weilanden. Een deel van de passagiers wachtte niet op wat er komen ging en sprong naar buiten. Ze lieten zich het talud af vallen, holden de weilanden in, doken in de sloten en achter de struiken.

Even later was de storing verholpen en ging de trein weer rijden, even onverwacht als hij gestopt was. Hij gleed zomaar weg. De passagiers klommen uit de sloten, kwamen voorzichtig achter de struiken vandaan. Verwonderd stonden ze in het weiland en staarden naar het gele stipje dat steeds kleiner werd en aan de horizon verdween.

INHOUD

Proloog 7
M. EERSTE DEEL 9
F. TWEEDE DEEL 109
O. DERDE DEEL 191
Epiloog 247

De pers over *Morgenster*

'Het gegeven van *Morgenster* is klassiek. Twee jongens die op dezelfde dag geboren zijn, leven het leven dat voor de ander is voorbestemd. Het heeft ook iets van het thema van de koning en de bedelaar die een tijdje van bestaan ruilen.'
Xandra Schutte in *Vrij Nederland*

'Wie kent niet de primaire angst dat je niet het kind van je ouders bent of niet de ouder van je kind bent? In *Morgenster* betrekt Scholten door het spannende vertelperspectief van Octave de lezer beetje bij beetje bij familiegeheimen, loyaliteitsconflicten, zoektochten naar de ware moeder en ook naar de ware liefde. (...) Scholten perst dit materiaal met humor en verstand in een zeer onderhoudende familie- en liefdesroman.'
Nausicaa Marbe in *ELLE*

'... wordt duidelijk hoe de schrijver er zorg voor draagt dat elk detail op zijn plaats valt. Ja, zelfs voorziet hij zijn spel van een tragikomische en licht erotische entr'acte. Als Shakespeare in diens *Midzomernachtsdroom* laat ook Jaap Scholten zijn versie van "de droeve komedie van Pyramus en Thisbe" opvoeren.'
Ton Verbeten in *De Gelderlander*

'Interessant is de verbeelding van het thema, de filmische wijze waarop hij een jongen zijn identiteit afneemt door hem een vreemde te laten zijn in het leven van anderen. In die systematische ondergraving van de identiteit roept het boek herinneringen op aan Hermans' *De donkere kamer van Damocles*, waarin ook met het met het positief en negatief motief wordt gespeeld.

Interessant is verder de documentaire-achtige uitwerking van de treinkaping in 1977. Het verhaal had als aparte journalistieke reportage, in feite een nauwkeurige historische reconstructie, een prijs verdiend.' Jan-Hendrik Bakker in de *Haagsche Courant*

OPMERKING VAN DE AUTEUR

Dit boek is mede mogelijk gemaakt dankzij een reisbeurs van het Fonds voor de Letteren. Veel mensen hebben de tijd genomen mij te helpen: medewerkers van het Moluks Historisch Museum, gegijzelden, scherpschutters, chirurgen, verloskundigen, helikopterpiloten, astrologen, genetici en anderen. Ik dank hen daarvoor.

Ik heb gebruik gemaakt van archieffilmmateriaal en kranten- en tijdschriftartikelen en van de volgende boeken: E.R. Mullers *Terrorisme en politieke verantwoordelijkheid: gijzelingen, aanslagen en ontvoeringen in Nederland*, Ger Vaders *IJsbloemen en witte velden*, Dieter Bartels' *Ambon is op Schiphol* en Ralph Barkers *Niet hier, maar op een andere plaats*. Het fragment op blz. 126/127 uit de brief, geschreven door Hansina Uktolseja en op 23 mei 1977 naar haar ouders gestuurd, is uit laatstgenoemd boek overgenomen. Gegevens van de twee treinkapingen (Wijster, december 1975 en De Punt, mei/juni 1977) zijn op enkele punten vrijelijk door elkaar gebruikt.

Het stuk over het groene-baardeffect op blz. 198 is gebaseerd op het artikel 'Precies de vader' van dr. H.E. Smit in *De Psycholoog*, november 1999. Het op blz. 116 aangehaalde nummer is 'The Weeping Song' van de cd *Live Seeds* van Nick Cave & The Bad Seeds.

Het schrijfwerk is voornamelijk verricht in het theehuis van Endymion, het Sybrook en het Hongaarse consulaat, waarvoor ik Corinne Elias, Uko Jonker, mijn vader en de Hongaarse consul dank.

'Het soms zeer gedetailleerde verslag deed het nodige stof opwaaien in de Nederlandse pers en daarmee in de Molukse gemeenschap. Herman Keppy las het goedgeschreven boek in één adem uit.' *Marinjo*, onafhankelijk Moluks maandblad

'De kaping en de baby-verwisseling fungeren hier uitdrukkelijk als verhevigingen van een existentieel gegeven. Dat is de kern van *Morgenster*, een roman die (net als *Tachtig*) bijna achteloos geschreven lijkt, hoogstwaarschijnlijk het resultaat van veel leen en gedurig herschrijven. Jaap Scholten heeft zo'n losse manier van vertellen, vrij van zwaarwichtigheid en beducht op elk concentratieverlies van de lezer, dat die laatste wel eens zou kunnen vergeten dat dit boek een geducht thema aan de orde stelt.

Morgenster verkent de mogelijkheid van een onafhankelijk leven, en stuit al spoedig op de begrenzing daarvan. (...) adembenemend.' Arjan Peters in *de Volkskrant*

'Jaap Scholten (...) heeft de gave om in zijn werk opmerkelijke werelden neer te zetten die we in de Nederlandse literatuur zelden aantreffen ...

Scholten combineert het nieuwe en het oude koninkrijk, maar ook de wereld van de verbeelding en die van de realiteit, en smeedt daarmee een nieuwe, volledige wereld waarin alles met alles verband houdt. Het heeft even geduurd sinds Scholtens vorige roman uit 1995, maar met *Morgenster* is hij weer direct terug aan het firmament.'
Sander van Vlerken in het *Eindhovens Dagblad*

'Als je ongeveer tweederde van *Morgenster* hebt gelezen, krijg je ergens in je hartstreek zó'n jubelend wie-weet-wordt-dit-een-meesterwerk-gevoel. (...)

Morgenster is geen weerbarstig meesterwerk zoals Hermans' *Nooit meer slapen* of Kellendonks *Mystiek Lichaam*. (...) Hedendaagse, toegankelijke en meeslepende roman (...) en dan veel beter dan Adriaan van Dis' *Dubbelliefde* of Anna Enquists *Het meesterstuk*.'

Wouter Godijn in *Het Nieuwsblad van het Noorden*

'Een klassiek negentiende-eeuwse verhaallijn, gestoken in een modern jasje.' Pieter Steinz in *NRC Handelsblad*

'Lang geleden dat ik zo'n heerlijke page turner in handen had ... Klasse!' Mariëlle Osté in *RAILS*

'Scènes die niemand koud kunnen laten.'

Max Pam in *HP/De Tijd*

'Jury's opgelet!' Robert Anker in *Het Parool*

'Adriaan van Dis en Arnon Grunberg voeren de lijst van V-correcte schrijvers aan. Jaap Scholten (...) is een vooraanstaand kandidaat-lid van dit illustere gezelschap.'

Menno Schenke in het *Algemeen Dagblad*

'Opnieuw een prachtig boek, soms zelfs hartverscheurend. ... een verademing.' Barbelijn Bertram in *Avantgarde*

'De beste recente roman over vermeend vaderschap ... de meest beloftevolle roman van een dertiger ... de sterke montage verleent *Morgenster* zijn gave schittering.' BV in *Humo*

'Spanning, ontroering en beschouwing vloeien prachtig samen in *Morgenster*, de nieuwe roman van Jaap Scholten. (...)

Stijl en inhoud hoeven elkaar niet uit te sluiten. Jaap Scholten bewijst eens te meer dat het niet óf stijl, óf inhoud hoeft te zijn. *Morgenster* is én-én.' Thomas van den Bergh in *Elsevier*